T0246978

EL DIARIO DE BRUNO

ROGELIO GUEDEA

EL DIARIO DE BRUNO

ROGELIO GUEDEA

HarperCollins

Este libro es un trabajo de ficción. Las referencias personales, reales, eventos, establecimientos, organizaciones o locales están destinadas únicamente a proporcionar un sentido de autenticidad y se utilizan de manera ficticia. Todos los demás personajes, y todos los incidentes y diálogos, se extraen de la imaginación del autor y no deben interpretarse como reales.

EL DIARIO DE BRUNO. Copyright © 2020 por Rogelio Guedea. Ninguna porción de este libro podrá ser reproducida, almacenada en algún sistema de recuperación, o transmitida en cualquier forma o por cualquier medio —mecánicos, fotocopias, grabación u otro— excepto por citas breves en revistas impresas, sin la autorización previa por escrito de la editorial. Para información, contacte HarperCollins Publisher, 195 Broadway, New York, NY 10007.

Los libros de HarperCollins Español pueden ser adquiridos para propósitos educativos, de negocio o promocionales. Para información escriba un correo electrónico a SPsales@harpecollins.com.

PRIMERA EDICIÓN: abril de 2018

Diseño tipográfico y de forros: Jorge Garnica / Poetry of Magic

ISBN 978-607-8589-59-3

A mi hijo Bruno,
para que nunca olvide
que el amor lo cura todo.

AMA Y HAZ LO QUE QUIERAS.

San Agustín

DIOS ES AMOR.

1 Juan 4:7-9.

ENERO

Por la mañana

Maya estaba sola a la hora del recreo. Como Samar no había venido a la escuela, no tuvo más remedio que sentarse en la banca frente al área de juegos a comerse su desayuno. Yo la estuve observando durante largo tiempo mientras pensaba que sería un buen momento para decirle lo que siempre he querido decirle, pero cuando apenas me iba a animar a hacerlo llegó Sam y se sentó a su lado, abriendo su lonchera y sacando un sándwich de mermelada de fresa. Me di la media vuelta y me fui a los bebederos. Me temblaban las manos. El pecho lo sentía apretado, como si me hubieran puesto una enorme piedra encima. Maya es año 5 y yo año 4. Mi papá dice que la edad no importa. Mi mamá, en cambio, dice que sí importa y mucho. Yo le creo a mi papá.

Antes de ir a natación

Ayer me descubrí una bolita en la muñeca. Fui corriendo con mi mamá y se la enseñé. Mi mamá la vio y, por la cara que puso, pensé que se trataba de algo grave. Ella se hizo como si no le diera mucha importancia, pero yo la conozco bien y sé cuando se preocupa. Además, cogió el teléfono y apartó una cita con el doctor Mackenzie. Se le escuchaba la voz nerviosa, tal vez porque no le gusta hablar en inglés. O tal vez no. A lo mejor sí es muy grave esta bolita. Como un tumor. Toda la noche estuve pensando que tal vez me tendrían que operar, y que me meterán en un cuarto oscuro, oscuro, con una enfermera gorda y un doctor sudando de la frente y pidiéndole a la enfermera que le pase los cuchillos para abrirme la mano. Le he prometido a Dios que si me salva de ésta voy a ser bueno con mi hermana y daré dos latas de tomates para el banco de comida del supermercado. Aun con mi juramento, no pude dormir en toda la noche. A las tres y media de la madrugada vi el reloj, las manecillas no parecían avanzar. Los minutos pasaban lentos, mi miedo me daba vueltas muy rápido en la cabeza. Pensé que quizá tendrían que cortarme la mano, luego que se me infectaría la mano y me cortarían el brazo, luego el hombro, después la otra mano. El corazón me latía como si fuera a salírseme por la boca, en un momento pensé que me iba a volver loco. No supe a qué hora me quedé dormido.

Mi papá estuvo trabajando toda la tarde en la Barranca del Huizapol. Es un terreno que está detrás del patio trasero que también es parte de la casa pero que no utilizamos porque está lleno de maleza. La maleza llega casi hasta el cielo. No se puede pasar y por eso cuando se nos va una pelota a mi hermana o a mí, decimos: adiós, mundo cruel. Ya sabemos que no podremos recuperarla nunca. Aunque dicen que aquí en Nueva Zelanda no hay culebras o alacranes como en México, yo no lo creo. Cuando me he subido a la barda he visto a veces cómo se mueve la maleza, como si se tratara de una serpiente asustada que escapa sin dirección. Pero ahora la Barranca está quedando limpia, sin ninguna maleza. Mi papá la estuvo limpiando toda la tarde con un pico y otras herramientas porque quiere plantar hortalizas. A la hora de la comida nos dijo que cuando era niño, allá en los Viveros, que fue el barrio donde vivía, él y sus amigos limpiaron un lote baldío para plantar hortalizas, rábano, cilantro, y eso. Yo la verdad no le creo y pienso que sólo me lo dice para que yo le ayude a cortar la maleza. O no sé. Mi mamá le dice a mi papá que me deje tranquilo porque lo único que voy a conseguir es que me espine una mano o me tuerza un pie en algún agujero. Mi papá le contesta que así no se crían hijos, sino serpientes.

DÍA 11

Ayer fuimos con el médico. Mi mamá me recogió de la escuela a las doce del día y me dijo que ya no me devolvería.

Firmó con Ester la secretaria mi permiso. Afuera estaba esperándonos mi papá y mi hermana, a quien también la van a checar porque tiene una carraspera que no se le quita. Mi papá estaba muy serio. No como otras veces, que siempre me hace bromas cuando me ve. Esta vez estaba serio. Bueno, casi siempre está serio porque dice mi mamá que piensa en nuevas ideas para sus libros, pero esta vez estaba serio de otra manera. No sé cómo decirlo. Como preocupado. Eso hizo que yo me preocupara también. Lo dejamos en la universidad y nos fuimos al consultorio. Yo iba nerviosísimo y con ganas casi de vomitar. Luego de esperar un rato en la sala del consultorio, el doctor Mackenzie asomó la cabeza y nos pidió que pasáramos. Primero pasé yo, luego mi hermana y al final mi mamá, que se sentó frente al doctor. Mi mamá le explicó al doctor lo que nos pasaba y el doctor revisó primero a mi hermana y luego a mí. Le mostré mi bolita y él la observó como si estuviera observando una tarántula peluda. Entonces me dijo que me acostara en la camilla y en ese momento yo pensé que me iba a abrir con un cuchillo la mano. Sentía que me brotaba el sudor por la frente, como una cascada. De pronto se me vino la idea de que no iba a poder explicarle cómo me había salido esa bolita. Yo intentaría abrir la boca pero no se abriría o si se abría empezaría a decir puras palabras que yo no le ordenara, frases incoherentes que tuvieran que ver con cualquier cosa menos con mi bolita. El doctor no me preguntó nada, más bien me pidió que me quitara la camisa y extendiera los brazos. Me revisó el cuello y las axilas y luego otra vez la bolita de la muñeca. Tiene los ganglios más inflamados de lo normal, le dijo a mi mamá. Miré a mi mamá: su cara era de espanto. Miré al doctor, quien dijo:

tenemos que ordenarle unos análisis de sangre. Entonces sentí que la lengua se me iba hasta atrás de la garganta y que no iba a poder hablar, pero afortunadamente, como pude, pude preguntar: doctor Mackenzie, ¿sabe qué puede ser? El doctor Mackenzie dijo que probablemente un virus jodón, pero que tenían que comprobarlo. ¿Y qué se hace si es un virus?, volví a preguntar pensando que tal vez me tendrían que operar. Se irá solo, dijo. Aunque eso me tranquilizó, cuando salí del consultorio mis piernas parecían de gelatina. Ya en el carro, no pude contenerme y lloré. Sí: lloré como una niña.

DÍA 15

Mañana me hacen los análisis. Estoy muy nervioso. No pude dormir en toda la noche nada más de pensar en la aguja. No me puedo quitar la imagen de la aguja de la cabeza. Veo en todos los sitios una aguja grande, puntiaguda, que se me entierra en las venas como una espada. Maya hoy me preguntó que si me pasaba algo. Estás pálido, me dijo. Y yo le dije que no, que nada. La verdad es que me daría pena que supiera que soy un miedoso. Así que me aguanto, aunque en realidad desde que me salió la bolita pienso que tengo otras enfermedades que el doctor todavía no me descubre y que me voy a morir. Si siento un poco de sofoco y me falta la respiración, luego luego pienso que tengo eso que tiene mi tío Alfonso, taquicardia o algo así. Si me duele la cabeza, seguro es un tumor como el que mató a mi abuelo Bul. Si orino amarillo, sin duda tengo malos los riñones como mi tío Beto. Y así me la paso pensando todo el día, con la boca seca, dando vueltas como alrededor de una noria. Lo único que me sirve es rezar. Rezo el Salmo 23, ese que dice: "El Señor es mi pastor, nada me faltará". Mi papá me lo hizo leer un día que me llevaron con el doctor por un dolor de nariz que no se me quitaba. Pensaban que tenía el tabique desviado. Me tocó las manos y me chorreaban sudor. Me pidió que me sentara y sacó la Biblia del librero, abriéndola en el Salmo 23. Entonces leyó: "El señor es mi pastor…". Cuando terminó, dijo: a fuerza de repetirla, te convencerás de que Dios está contigo y te protege de todo mal, ¿me entiendes? Me sentí aliviado por un largo instante, aunque después me volvió el miedo.

DÍA 20

La enfermera del Laboratorio nos pidió que pasáramos a un cuartito al fondo de un largo pasillo. El cuartito era como me lo imaginaba: oscuro oscuro. Abrió el sobre que le entregó mi mamá y preguntó que quién era Bruno. Yo levanté dos veces las cejas. Me señaló un sillón negro también estirando las cejas, e indicándome que me sentara. La enfermera se dio la media vuelta, cogió una jeringa y me ordenó que me volteara mejor hacia el otro lado. Fue demasiado tarde. Yo ya había visto esa aguja grande, puntiaguda, como un aguijón. Giré la cabeza y apreté los dientes, esperando lo peor. La enfermera me enredó una liga en el brazo y me pidió que empuñara la mano. Luego me metió la aguja. A los pocos segundos sentí como si una aspiradora me estuviera sacando toda la sangre del cuerpo, poco a poco. Le pregunté a la enfermera que si ya había acabado y la enfermera me dijo que no y que no me moviera porque si no me tendría que volver a picar. Relájate, dijo. Ahora afloja el puño. Volví a apretar los dientes y a ponerme rígido, como una estatua. Estiré los dedos. La enfermera guardó la sangre en dos tubos. Les puso una etiqueta y los metió a una bolsa. Cuando por fin volteé, vi que mi hermana los miraba con unos ojos de espanto. Antes de partir, me acerqué al carrito donde estaban los tubos con la sangre. Me cercioré de que tuvieran mi nombre bien escrito, no fuera a ser que me los pusieran equivocadamente en el de algún otro paciente.

DÍA 23

Mañana

A la escuela llegué esta vez con la camisa de manga corta del uniforme. Estaba haciendo frío, pero me aguanté. Llevaba en el brazo el curita que me habían puesto en el lugar don-de me pusieron la inyección, todavía con sangre alrededor, porque no quise bañarme ayer en la noche. Cuando me lo vio Maya vino corriendo con sus ojos muy abiertos: ¿qué te pasó, Bruno? Levanté un poco el pecho y la ceja y le dije: me sacaron sangre. ¿Sangre? Sí, le contesté: dos litros. ¿En serio? Con una aguja así de grande, le dije agrandando dos dedos. Duele muchísimo, ¿verdad? No, qué va, le dije con el pecho aún levantado. No duele nada, nada. ¿Te asustaste?, dijo. Ni un milímetro, le contesté. ¡Qué bueno!, gritó Maya. Pensé que era el momento de decirle lo que siempre he querido decirle, pero Samar la estaba esperando para el desayuno y se fue corriendo. Sus saltos libraban los charcos que había dejado la lluvia del amanecer.

Hace un rato descubrí un miedo a cambiar mi vida. Iba a poner un póster de los *All blacks* en la pared junto a mi cama pero me dio mucha tristeza y no lo puse. Tal vez por eso no me gusta hacer pijamadas con mis amigos. Pasar la noche en otra casa, sin mi mamá, me da muchos nervios. Se lo expliqué a mi psicólogo pero no me entendió, o se hizo que no me entendió. Le dije: me da miedo cambiar mi vida. No puedo hacer otras cosas más que las que hago. Otra vida diferente me da mucho miedo vivirla. Pensar, por ejemplo, que no estará mi mamá para rezarme, ni que mi hermana estará en la cama de abajo haciéndome compañía, ni que voy a dejar de tener el cristo colgado en la pared, ni tampoco que no voy a decirle a mis papás "buenas noches" antes de apagar la lamparita de lectura, me hace que la cabeza me dé vueltas como una churumbela. Como pronto habrá un camping en la escuela, yo he pensado grabar en mi celular la voz de mi mamá rezándome el Padre Nuestro y diciéndome buenas noches, así podría ponerme los audífonos y escucharla antes de dormir, como si estuviera de verdad junto a mí. Esto se lo explico al psicólogo y tengo la seguridad de que piensa que estoy inventando cosas nomás. Los psicólogos no saben que cambiar mi vida es lo peor que pueda pasarme en la vida, por eso trato de hacer lo mismo a la misma hora de siempre, todos los días y las semanas, de esa forma me siento seguro y en paz, y duermo tranquilo. Pero mi psicólogo no me lo entiende, quizá porque apenas llevo hablando con él dos sesiones y todavía cree que invento cosas para llamar la atención.

Tarde

He terminado de leer *La filosofía del pastel,* de una escritora de nombre Verónica Bellver. Me gustó tanto la novela que escribí una reseña en mi blog. Ojalá la autora la lea. Mi papá dice que a los escritores les gusta que les escriban sus lectores y que cuando a él le llegan cartas o correos electrónicos de sus lectores nunca deja de contestarlas. Y sí es cierto porque yo he escuchado que le dice mi mamá que ya debería dejar de contestarle a tanta gente que le escribe, pero dice mi papá que toda la gente merece una atención y que él lo hará hasta que ya de verdad no tenga nada de tiempo para hacerlo. Yo quisiera escribirle a la autora de *La filosofía del pastel* para decirle que disfruté mucho la historia de Álex, el niño ciego, y Valentín., y que la parte que más me hizo reír fue cuando Valentín se sube al carrusel del aeropuerto para recoger su maleta. También hubo partes que se me hicieron tristes, sobre todo cuando se tuvieron que ir a Estados Unidos y el papá se dio cuenta de que el trabajo que le habían prometido era una mentira. Mi mamá dice que mi abuelito Rogelio también tuvo mala suerte con los trabajos. Un día que estaba viendo la televisión con mi abuelito quise preguntarle, pero me dio pena. Le preguntaré mejor a mi papá, uno de estos días. Por cierto, a mi mamá le dará mucho gusto que haya vuelto a escribir en mi blog. Fue ella la de la idea de que era la mejor forma de no perder mi español, pues esa fue la condición: que escribiera mis historias, reseñas y demás en español, por lo menos una vez a la semana, y que habría recompensa, aunque hasta ahorita de recompensa no he visto nada.

Mis papás no se habían dado cuenta que todavía no me dormía hace un rato cuando estaban hablando en voz baja. A veces me pasa así: se me va el sueño. Me agarro dando vueltas en la cama. Me tapo con la colcha y me destapo, me pongo de panza y bocarriba, y vuelvo a dar vueltas. Es la hora en que recuerdo todas las cosas malas que me sucedieron durante el día. Me trato de concentrar en las buenas, como me aconseja mi mamá y mi psicólogo, pero no puedo. Las malas son como un martillo que me estuviera golpeando y golpeando sin dejarme descansar. Decía que mis papás no se habían dado cuenta que todavía no me dormía y por eso escuché que le decía mi mamá a mi papá que qué bueno que salí bien en el examen de sangre. Menos mal que fue un virus y no cáncer, dijo mi papá. Yo no sé muy bien qué sea el cáncer, pero debe ser algo grave porque mi mamá dijo: no, ni lo mande Dios. Y mi papá: *cállatelaboca*. Dios nos libre de una cosa así. Yo creo que por eso mi mamá estuvo asustada aquel día con el doctor y ya ni se acordaron de la bolita que tengo en la muñeca. Y que me sigue creciendo como un globo de gas.

DÍA 29

Will, mi compañero de la clase de artística, siempre me echa mentiras pero ya le encontré la forma de descubrirlo. El otro día me dijo que un primo suyo se había ido de aquí a Omarú y se había tomado diez latas de Coca-Cola en el camino. ¿Diez latas, Will?, le pregunté. Sí, me dijo, y agregó: y se comió cinco bolsas de papitas de las grandes y tres paquetes de galletas de jengibre. ¿Cinco bolsas de papitas y tres paquetes grandes de jengibre?, le volví preguntar. Sí, me dijo. Entonces le dije: a ver, júralo, y le hice la seña con la mano puesta en el corazón. Will puso los ojos de zopilote remojado y me contestó: era un chiste, ¿a poco te la creíste? Sí, mentí, y nos fuimos a jugar rugby. En la religión de Will, que no sé cuál sea bien a bien, le prohíben jurar el nombre de Dios en vano. Desde que lo supe, cada que Will me cuenta algunas de sus increíbles historias (como aquella de que atravesó el mar de Tunnel Beach abrazado a un delfín), le pregunto: a ver, júralo. Y Will, como siempre: ¿a poco te la creíste? Pues nomás poquito, le contesto, y nos vamos a jugar rugby.

FEBRERO

DÍA 2

Mañana

Hoy llegué a mi clase de guitarra y me encontré con la sorpresa de que no había venido mi maestro. Estaba otro. Era un maestro alto, con el pelo largo y los zapatos puntiagudos, como su nariz. Nomás de verlo me cayó pesado. Además, traía una corbata de colores, como payaso, y unos lentes gruesos y negros. Nos pidió que nos sentáramos y mientras lo hacíamos empezó a tocar su guitarra moviendo velozmente sus dedos de un lado a otro, como muy profesional. Más pesado me cayó. El maestro nos dijo que se llamaba Tobias y que venía hoy porque nuestro maestro estaba enfermo. Luego de presentarse nos empezó a explicar algunas cosas sobre los diferentes ritmos y velocidad en que podíamos tocar dependiendo la melodía. Nos explicó que era más o menos como cuando caminábamos, y que teníamos que hacerlo acompasadamente porque de otra forma nos caeríamos de boca y nos romperíamos los dientes, y entonces hizo como que caminaba así y como que se caía de boca. Poco a poco me fue cayendo menos pesado y antes de terminar la clase, ya me caía bien, porque nos explicaba todo lo que nos iba enseñando, mejor que nuestro maestro, que sólo nos dice hagan esto y lo otro pero sin darnos ninguna explicación. Cuando terminó la clase, yo pensé: es como los libros. No porque a veces no nos gusten las portadas eso quiere decir que la historia es mala. Puede ser todo lo contrario, tal como me ha sucedido ahora con mi maestro. Se lo contaré a mi mamá a ver qué piensa.

En mi escuela

Fui a la escuela con Keilap y Will. Acompañamos a su papá a poner una escalera afuera de los baños, para no caernos cuando llueve. Siempre que llueve, alguien se cae. El día que tuvimos junta de padres de familia, Juanluc casi se rompe un brazo. Se resbaló y por allá fue a dar el pobre, cayó sobre un montón de piedras. Por eso el papá de Keilap y Will se ofreció de voluntario a poner la escalera, y trajo madera y clavos y herramientas para eso. Nosotros le ayudamos a cargarlas. Todo estaba muy divertido hasta que, de pronto, me pasó algo horrible: me dieron ganas de hacer del baño. Pero muchísimas ganas. Y estaban cerrados los baños. Volteé hacia todos lados y vi un arbusto junto a la casa del padre Fergus, que está dentro de la escuela pero arriba de la colina, detrás de la cancha de futbol. Fui y vi que había hojas secas y piedras alrededor. Dije: con esto me limpio. Y cuando ya iba a bajarme los pantalones, escuché que el papá de Will y Keilap gritó: ¡Vámonos, chicos! Trabajo terminado.

Ni modo, pensé. Me abroché otra vez el pantalón y salté como un conejo de entre los arbustos, pero sin dejar de apretar la cola. Tuve suerte de que no encontramos casi ningún semáforo en rojo durante el regreso. Por poquito me hago en los calzones.

DÍA 5

Fiesta de Valeria

Mi hermana se fue a la fiesta de Valeria, la hermana de Maya, quien es su compañera de clase: de 11 a 1 de la tarde. Así son las fiestas aquí en Nueva Zelanda: de tal a cual hora. No es como en México, que las fiestas tienen una hora para empezar pero no para terminar. Hay fiestas en México que empiezan a las cinco de la tarde y terminan hasta el siguiente día. Aquí no. Aquí las fiestas son de tal hora a tal hora y ya, como en la fiesta de Valeria, a la que acaba de irse mi hermana. La casa se queda vacía sin ella. Mi papá me dice que no puede creer que no encuentre en qué divertirme, pero yo la verdad no sé jugar a nada si no está mi hermana. Doy vueltas nomás como un perro intentándose morder la cola. Esperaré dos horas hasta que vuelva otra vez mi hermana y, con ella, la alegría.

Box

Estuve esperando todo el día la pelea de Márquez y Pacquiao. Mi papá, quien es un fanático del box, la había contratado en Telecable un día antes. Era a las tres de la tarde y la retrasmisión a las ocho y media de la noche. Decidimos verla a las ocho y media porque teníamos comida con los amigos bolivianos. A la hora indicada encendimos el televisor. Antes de la pelea de

Márquez y Pacquiao había tres peleas más. Estaba emocionando viéndolas, aunque también me dio un poco de miedo cuando a uno de los peleadores le sacaron la sangre del ojo y de la boca. Casi le arrancan el ojo. Se le puso lleno de sangre. A mi hermana mejor la mandaron a ver una película en su habitación porque estaba con los ojotes de lámpara. Dijo: "ya le sacaron la sangre a ése, pero todavía no me da miedo". Yo mejor iba al baño cuando veía que golpeaban mucho al peleador. Allá me quedaba hasta que escuchaba que sonaba la campana. Cuando apenas iba a empezar la pelea de Márquez y Pacquiao empecé a sentir que se me cerraban los ojos de cansancio. Se me emborronaban las imágenes en el televisor. Pero los volvía a abrir. Se me cerraban y los volvía a abrir. Mi papá me dijo: ¿te quieres mejor ir a dormir? Le iba a decir que no porque tenía muchísimas ganas de ver la pelea, todo el día la estuve esperando, pero ya no aguantaba y mejor le dije que me dijera mañana quién ganó. ¿A quién le vas?, le pregunté. Dijo: sentimentalmente estoy con Márquez, pero en realidad quisiera que ganara Pacquiao. Me muero de ganas por saber quién será el vencedor, pero en el box nunca se sabe. El box es como la vida, me dijo un día mi papá. Por eso nunca hay que rendirse antes de que termine la pelea o lo tiren al suelo a uno bien tirado, porque incluso en el último minuto un golpe certero nuestro nos puede hacer ganar.

DÍA 8

Mañana

Este trimestre nos toca poesía. Yo le dije a mi maestro que mi papá era poeta y tenía libros y el maestro me dijo que si quería podía venir mi papá a la clase a hablar sobre cómo escribe poesía. Le pregunté a mi papá y me dijo: mejor te voy a dar uno de mis libros traducidos al inglés y tú les lees un poema. Y el libro lo donas a la biblioteca. Así lo hice. Fui con el director y le llevé el libro. El director se sorprendió de que mi papá fuera un poeta y me dijo que en la junta de padres de familia de este viernes iba yo a leer un poema de mi papá delante de todos. Me puse nervioso, pero dije: eso me pasa, para que se me quite lo presumido. El director sacó una copia del poema que mi papá había seleccionado y me la dio. Es un poema que habla de cuando mi papá y yo hacíamos viajes en bicicleta en aquel tiempo que vivimos en México. Habla de que su alma y la mía se funden en una sola alma y que eso hace que mi papá pueda no sólo sentir con su alma la vida sino también con la mía, por estar fundidas. Eso le da la posibilidad de vivir dos veces. Me da un poco de pena leer delante de los papás de todos mis compañeros. Ojalá que Maya no se vaya a reír de mí pensando que soy un *nerd*.

Noche

Estoy emocionado. No puedo dormir. Fuimos a ver si había una bolsa de dormir al Warehouse para mi campamento, pero estaban muy caras y mi mamá me dijo que mañana buscaríamos mejores precios. Estos le ponen a las cosas los precios que quieren, están locos, dijo. A mi mamá todo se le hace caro, hasta una cuchara. A mi papá, no. Él a veces ni se fija en los precios. Si algo le gusta, lo compra sin pensarlo dos veces. Dice que hay que dejar que el dinero fluya porque es como el agua: si se queda quieto se nos echa a perder adentro. Eso dice mi papá, pero mi mamá siempre nos hace señas con la mano a mí y a mi hermana de que está chiflado. Quizá mi mamá sea así por mi abuelito Beto, su papá, que es contador y siempre está sacando cuentas de todo lo que gasta, preocupado por gastar más de lo debido. Mi mamá no es contadora, sino maestra de español de secundaria, aunque desde que venimos a vivir a Nueva Zelanda sólo se dedica a cuidarnos y, en ocasiones, da algunas clases de español en la Universidad, como mi papá. Ya pronto será el campamento, decía. De los nervios no puedo dormir. Tampoco de la emoción. Mi primer día en que voy a dormir sin mis papás. Ojalá mi mamá no se apunte de voluntaria. Me arruinaría toda la diversión.

DÍA 9

Mi papá estuvo molesto toda la tarde. Desesperado. Como un diablo. Nos regañaba de todo a mi hermana y a mí. Andaba como león enjaulado. Mi hermana se acercó a él y le dijo: oye, ¿hasta qué hora se te va a quitar esa cara de mulo, eh? Mi papá no tuvo más remedio que soltar una carcajada.

DÍA 12

Mañana

El mundo está loco. O yo estoy loco. O tal vez el mundo y yo estamos locos. Hoy vino Sam a decirme que Maya estaba enamorada de Jala. ¿Enamorada de Jala?, le pregunté. Sí, me dijo. No lo puedo creer. Todas mis compañeras están enamoradas de Jala. Jala no es nada guapo o musculoso o así, pero es como popular. Se cree mucho y siempre da órdenes en el futbol. Él dice qué jugar o qué no jugar a la hora del recreo. Por eso cuando se fue de viaje a Australia no queríamos que volviera. Que se quede allá, dijo Keilap. Yo no dije nada, pero también por dentro pensaba: sí, que se quede allá y no vuelva nunca. Ahora resulta que Maya está enamorada de él. Sam me dijo que no me preocupara, que al cabo Samar me quería a mí, pero a mí no me gusta Samar, sino Maya. Sam se muere por Samar y Angélica se muere por Sam, pero Sam no quiere a Angelica, sino a Samar. ¿No está loco el mundo? ¿O yo soy el que está loco?

Noche

Hoy me dijo mi papá que no irá a la reunión de padres de familia de la escuela para que no me ponga nervioso cuando lea su poema. Qué alivio. Además, me prometió que el viernes sin falta compraremos la bolsa de dormir para mi campamento. Otro alivio. Mi papá está preocupado por la bolita, que no se me baja para nada, y ha llamado a México para que le envíen una muñequera. Dice que el médico es un atarantado y que él me va a curar. Lo único malo es que si me ponen la muñequera no podré jugar beisbol los sábados. Mi papá dijo: inmovilizada un mes. Así dice las cosas él, como si fuera un general, aunque luego no las cumple. Esta vez parece que no habrá más remedio: tendré que usar la muñequera si no quiero que me operen. A veces quisiera taparme con una cinta negra la bolita, para no saber que sigue ahí, como desde el primer día que me la descubrí.

Justo antes de dormir

Mañana veré a Maya en clases de natación. Voy a demostrarle que a mí Jala no me gana a nadar.

Mañana

Dos malas noticias nos dieron hoy. La primera, que no tendremos campamento. El maestro nos dijo que el director del museo mandó una carta diciendo que habían reservado por error dos escuelas el mismo día, y que lo sentía mucho, mil disculpas. Siempre piden mil disculpas los neozelandeses, cuando a veces con una sola es suficiente. Lo bueno es que no gastamos en la bolsa de dormir en balde. Mi mamá se hubiera muerto y le hubiera dicho a mi papá: ¿ves? Te dije que nos esperáramos. La otra mala noticia: no pude hablarle a mi mamá a la hora del recreo. Me había ganado eso como premio por haber juntado seis estrellas por buen comportamiento, pero el director se fue a un funeral. Y ya no volvió. Vaya día: sólo faltó que me orinara un perro.

Hora de la comida

Mi papá nos contó la historia de Celia a la hora de la comida. Una historia trágica, como muchas de las historias que le gusta contarnos a mi papá a la hora de la comida. Le dijo a mi mamá: qué cruel es la vida. Uno nunca sabe lo que pasará siquiera mañana. Bien dicen que uno pone y Dios dispone. Lo dije porque, según contó, con sus pausas, como sabe, porque mi papá a veces se queda como en la luna, que Celia su compañera de trabajo llegó al programa de portugués contratada por el instituto no sé de qué y que venía con su esposo, escritor y todo, y recién casada, y con ganas además de hacer un doctorado y cambiar el mundo, mejorar el programa de portugués y difundir la cultura portuguesa. Y dice mi papá que lo que son las cosas pero que al cabo de dos años todo lo que parecía un paraíso se convirtió en un infierno. ¿Por qué?, le preguntó mi mamá. Pues porque Celia se divorció del marido escritor, que se regresó a Portugal, el programa de portugués cerró por falta de estudiantes y ella nunca pudo hacer su doctorado. Así que ahora se tendrá que ir sin marido, sin trabajo, sin doctorado y hasta sin dinero. ¿Cómo ves?, le preguntó mi papá a mi mamá. Dura, dijo mi mamá y le preguntó que si quería un poco más de vino. Sí, contestó mi papá. Dame un poco más y celebremos, porque la vida, hasta ahora, nunca nos ha dado la espalda. Yo, obviamente, me quedé callado, no celebré nada, ni copa de vino tenía, al fin que a mí la vida sí me había dado la espalda, y varias veces.

Cena

Mi mamá nos hizo un licuado de fresa con canela. Como ahora están baratas las fresas, entonces podemos tomar casi todos los días licuado. A mí me encanta, y a mi hermana también. Pero esta noche dejó medio vaso. Mi mamá le dijo que tenía que tomárselo y ella enchuecó la boca. Entonces mi papá vino a la cocina y le dijo que tenía que tomárselo porque había muchos niños en el mundo que se iban a la cama sin nada en la panza, y que en las noches lloraban de hambre porque les ardía el estómago, y que aunque le decían a su mamá que querían comer, su mamá no podía hacer nada porque no tenía nada para darles, y eso la hacía sufrir, y que por eso era necesario que se terminara el licuado y diera gracias a Dios de que no se iba nunca a la cama con el estómago vacío. Me sentí muy triste con la historia de mi papá. Yo quisiera agarrar todo el dinero que tengo ahorrado y en lugar de comprarme el X-Box me gustaría enviárselos todo a la mamá de esos niños para que les compren aunque sea un pan y un poco de leche. Y no se vayan a la cama con la panza vacía.

Mañana

Mi papá tiene una nueva manía. Se la descubrió mi mamá pero no le hemos dicho nada para que no se sienta mal. Compra cepillos de dientes cada tres días. Se le metió en la cabeza que los cepillos de dientes se llenan de una cantidad de bacterias mortales a los cuatro días y hay que reemplazarlos antes de que eso suceda. Ayer compró un paquete de diez cepillos, que le ajustarán para un mes, más o menos. Mi mamá le dice que está bien, pero que son ideas. Mi papá tiene manías así. Muchas. Yo también tengo muchas, pero no se las cuento todas ni a mi mamá ni al psicólogo, porque entonces pensarán que estoy loco de remate. Dice mi mamá que en eso me parezco a mi papá. Pero yo no le creo. Bueno, sí me parezco en que me lavo mucho las manos, sobre todo cuando me saluda alguien que se ve que no se bañó hace muchos años, o cuando toco a un perro o la mesa sucia del comedor, o cuando saco la bolsa de la basura al patio, o después de pasearme en el columpio, pero eso es porque hay muchos gérmenes mortales en el aire y no quiero que ninguno se me pegue. El psicólogo me dice que eso de lavarme mucho las manos me pasa porque estoy ahora muy preocupado por la bolita, y que esa preocupación de la bolita me lleva a preocuparme de muchas cosas más, de manera que está seguro de que cuando la bolita se me desaparezca se me desaparecerá la preocupación y ya no me lavaré tanto las manos. Es posible que tenga razón, aunque yo recuerdo que he estado preocupado desde antes que me saliera la bolita. Yo recuerdo que he estado preocupado siempre, ¿no?

Hora de la comida
Mi mamá me acusó con mi papá. Le dijo que le contesté feo en la escuela. Es cierto, pero es porque estaba nervioso. Tenía que leer el poema de mi papá y traía la cabeza revuelta. Además, mi mamá se equivocó de puerta una y otra vez y por eso cuando me dijo que si ésa era la puerta yo le dije que no, que era ésta. Se lo dije fuerte, aunque en español. A mi mamá se le puso roja la cara. No dijo nada. Dio la media vuelta y me siguió. En la reunión de padres de familia leí el poema de mi papá delante de todos mis compañeros y los papás de mis compañeros. Mero adelante estaba Maya, con la boca abierta, viéndome. Yo leí el poema como me dijo mi papá, lento, modulando bien cada palabra, sin ninguna prisa por llegar al final. Así me dijo: los poemas deben leerse tal como uno disfruta la comida que más nos gusta. Maya me veía, y también sus papás, que son amigos de mis papás porque son de Chile. Yo la veía que me veía con la boca abierta. Yo leí el poema sólo para ella. Me olvidé de todos, como si hubieran desaparecido del salón, y me concentré sólo en Maya, que me miraba con la boca abierta. Al final todos me aplaudieron y entonces yo pude sentir cómo mi corazón volvía a recuperar la calma. Pero a la hora de la comida mi mamá me acusó con mi papá y mi papá le dijo: tú tienes la culpa. ¿Y yo por qué?, dijo mi mamá. Porque no permites que este muchacho te respete.

Cuando mi papá me llama muchacho es porque está enojado. Y esta vez lo estaba. ¿Me oíste, muchacho? Sí, papá, le dije. Y luego le dijo a mi mamá que la vida era así, y que uno tenía que respetar y darse a respetar que porque si uno no se daba a respetar nadie lo respetaría a uno. ¿Me oíste, muchacho?, me volvió a decir mi papá con voz muy fuerte. Sí, papá, le dije. Está como tú, dijo, y entonces empezó a ponerme el ejemplo de cuando Víctor me dio una patada cuando jugábamos futbol. Mi papá me dijo que si yo no le ponía un alto y me daba a respetar, entonces Víctor me iba a volver a dar otra patada, o una guantada o lo que sea, y que no me iba a respetar, y de esa manera mi mamá tenía que hacerse respetar con firmeza para entonces ya no volverle a alzar la voz. ¿O quieres que te peguemos a cintarazos como me pegaba tu abuelito a mí, muchacho? No, papá, le dije. Ah bueno, dijo y siguió comiendo con las narices infladas de coraje.

Noche

Ya me empecé a comer las uñas otra vez. No me doy cuenta y me las como. Mi mamá me puso un líquido amargo, pero no puedo evitar comérmelas. Sabe horrible. Es una mala costumbre. O son mis nervios. Hasta me saco la sangre de los dedos.

DÍA 28

Correo

Hoy llegaron las muñequeras de México. Mi papá me enseñó cómo ponérmela. La tengo que usar dos semanas. Si se me baja la bolita, entonces estoy salvado. Si no se me baja tendremos que ver al médico para ver qué dice. Es probable que me tengan que operar. Tengo mucho miedo. Me sigo viendo acostado en la camilla, en medio del doctor sudoroso y la enfermera gorda, con mi mano abierta y llena de sangre. En las noches se me va el sueño. No puedo dormir nomás de pensar. Es una idea que no me puedo quitar aunque sacuda la cabeza para un lado y para el otro. Fija, fija, fija la maldita idea. Tengo miedo. ¿Y si me tienen que cortar la mano? ¿Y si tengo cáncer? Cierro los ojos y empiezo a repetir el Salmo 23, que ya me sé de memoria: "El señor es mi pastor…" Veo dentro de mi mente, pegado a mi frente, la imagen de Jesús, con los brazos abiertos. Repito el Salmo en voz alta pero bajita, con la oreja pegada a mi almohada, mirando hacia la pared, y de pronto me quedo dormido, profundamente dormido hasta que me despierta mi mamá para ir a la escuela.

Centro comercial

Mi hermana no puede parar de echarse plumas. Se las echa a todas horas y en todos los lugares. Bien apestosas. El otro día fuimos al Meridian y le dijo a mi papá: me puedo echar una plumita. Mi papá le dijo que sí. Se oyó como un estruendo. Todos, de la pura vergüenza, nos hicimos como que no nos dimos cuenta. Mi mamá dice que ya no le dará comida condimentada. Mi papá dice que no es la comida condimentada sino los intestinos de agua que tiene la muchacha. Yo estoy seguro que deben ser los frijoles, que le encantan. La señora de la limpieza que pasaba por un lado hizo un gesto feo. Seguramente escuchó el estruendo también.

Noche

También me doy cuenta que tirar las cosas viejas me da tristeza. No puedo. Lo descubrí hoy que salimos de paseo y mi papá dijo que vendería el carro porque ya daba más problemas que beneficios. Le dije que no lo vendiera, pero mi papá dijo que las cosas viejas tienen siempre que ser reemplazadas por las nuevas. Yo cuando me muera seré reemplazado por ti, dijo. Pero a mí no me gusta deshacerme de las cosas viejas. No me gusta deshacerme de nada. Por eso escondo las camisas y pantalones viejos o rotos que mi mamá quiere que lleve al banco de ropa. Cuando me pregunta dónde quedaron, le digo que no sé qué pasó, pero la verdad es que los escondo detrás de la ropa nueva. Ni siquiera los juguetes descompuestos o rotos los quiero tirar a la basura. Tengo el closet lleno de cosas viejas que no puedo tirar, apiladas unas con otras. El closet casi revienta de tanta cosa inservible, y mi mamá casi revienta pero de coraje, porque no logro deshacerme de ellas. Me da mucha tristeza. A veces me digo: ya no sirven, ya no sirven, tengo que tirarlas, tengo que tirarlas. Pero ni siquiera los regaños de mi mamá consiguen que las tire a la basura. Por eso no quiero que vendan el carro, aunque esté viejo y tenga toda la pintura del cofre descascarada.

MARZO

DÍA 4

Tarde

Saqué dinero de mi alcancía sin que mis papás se dieran cuenta y fui al Takeaway para comprar dos dólares de papas fritas. Me encantan, pero a mi papá no le gusta que compre porque dice que es puro aceite quemado y requemado todo el día y se me van a tapar las venas del corazón y me dará un infarto. Mi mamá dice que una vez al año no hace daño y por eso es que me atreví a ir. Durante el trayecto de regreso me encontré un libro tirado en la calle. Volteé para todos lados y no vi a nadie. Lo levanté rápidamente, lo escondí debajo de la bolsa de papas y me fui corriendo a la casa. En la casa del árbol, donde siempre me escondo para comer papas, saqué el libro. No lo podía creer.

Se titulaba: *Odio los libros,* de Kate Walker. Seguro alguien que odiaba los libros lo tiró en la calle, pensé. Abrí las papas y puse manos a la obra.

Antes de dormir

Mañana es el día de picnic. Estoy nervioso. Le pregunté a mi papá si me llevaba la muñequera o no, y me dijo que sí. Que no debía quitármela en ningún momento. Con ella puesta me es difícil jugar rugby o basquetbol, pero ni modo. Prefiero eso a que me operen.

DÍA 7

Tarde en Warehouse

Cerca de nosotros, en uno de los pasillos de electrónicos, pasó un hombre que tenía una pierna de palo. Mi hermana lo vio y dijo: ¿y ése, dónde dejó su pata? Mi mamá volteó rápidamente y le dijo que se callara. Luego dimos la vuelta al pasillo y nos soltamos riendo a carcajadas. Mi hermana es así. Siempre dice cosas locas. Lo bueno es que las dice en español, de esa forma nadie nos entiende. Es bueno hablar español e inglés. Mis papás y yo, por ejemplo, tenemos un trato. Como nadie de mis compañeros habla en español, cuando alguien quiere invitarse para venir a mi casa y yo no quiero, entonces le digo a mi mamá en inglés que si puede venir fulanito a casa y luego le digo en español que yo no quiero, entonces mi mamá dice: no, hoy no porque tenemos que llevar a tu papá a la Universidad. Oh, lo siento, le digo a mi compañero en inglés, y asunto arreglado. El español es la lengua que utilizamos para decirnos las cosas que sentimos de verdad, el inglés es para ir al banco, comprar en el supermercado, pagar las facturas de la luz y el teléfono, decir buenos días a la gente del barrio.

Noche

Hoy fue el picnic, pero nada nuevo. Me firmaron una hoja unos jugadores famosos de criquet, eso fue todo. Nada tiene gracia cuando Maya no está. Esta vez no pudo venir porque se enfermó de las anginas. Diablo mundo.

DÍA 10

Edgar Center

Mi papá fue hoy a despedirse de Carlos al Édgar Center, a la hora del partido de futbol. Mi papá dejó de ir porque un día le metió un patadón a un jugador y se lastimó mucho el dedo. Dejó de jugar. Duró como tres meses sin poder siquiera correr. Le tuvieron que poner una inyección en el dedo. Dijo que dolorosísima. Pero como Carlos se va a España a ver a su papá que está enfermo de cáncer, pues fuimos a despedirnos de él al Édgar Center. Al pasar por la cancha de duela, vimos a unas niñas marchando. Mi papá me dijo: ¿ya viste? Le dije: ¿qué? Volteé la mirada y vi a Maya. Se me retorcieron las tripas, pero hice como si ni me inmutara. Traía un vestido azul, corto, y una camisa blanca. Medias negras. Marchaba muy derechita. Una señora les daba órdenes con un silbato. Ella iba hacia un lado y hacia otro. Se me derretía la boca de verla, pero me hacía como que no porque ya sé que luego mi papá me dice cosas. ¿Qué bien lo hace, verdad? Sí, le dije. Y seguía con mi bocota abierta. Mañana le preguntas en la escuela que si es una escuela para marchar o qué y así metemos a Kiki. Sí, le dije. Y pensé: me canso que le digo. Seguimos el camino y ya no pude concentrarme en nada. Es más, ni me acuerdo si me despedí de Carlos o no.

DÍA 13

Mañana

Mi papá se va hoy a México. Me despidió en la escuela. Tenía ganas de llorar. Él también. Somos igual de llorones en las despedidas. Nos dimos un abrazo grande. Mi papá me abrazó fuerte, como si ya no lo fuera a ver nunca. Se me salieron las lágrimas un poco. Me sentí solo, bien solo. Pero mi papá dice que nada pasa y no hay que llorar. Me hizo una broma. La misma de siempre: cuando vayas al baño, te limpias bien la cola. Me reí. Con tristeza. Adiós, papá, le dije. Adiós, mi campeón, me dijo, y se perdió al dar vuelta a la esquina.

DÍA 18

Al despertar

No me gusta que nadie me toque, ni me acaricie, ni me hable siquiera cuando recién me despierto en las mañanas. Mejor me meto entre las sábanas cuando mi papá viene a hacernos cariños. Siempre abraza a mi hermana y mi hermana se deja. Le quita el pañal, le da besos tronados y le acaricia el pelo.

Ella contenta. Yo lo detesto. Mejor me escondo debajo de las sábanas o me hago el dormido. No me gusta ni siquiera escuchar los ruidos de mi mamá abriendo cajones o el closet, que rechina. Mi papá dijo que le pondría aceite, pero nada. Con mi papá nunca se sabe qué va a pasar. Dice mi mamá que es más fácil adivinar cuántas estrellas hay en el firmamento que saber lo que hará mi papá el día de mañana.

Al regresar de la escuela
Pensé que podría despedirme de mi papá. Aunque me despedí de él en la escuela, pensé que lo vería al regresar para despedirme. No pude. Llegué a la casa y se sentía sola sin él, como si hubiera un muerto. Traté de ser fuerte, pero se me salieron las lágrimas. Parecía como si mi papá se hubiera muerto y nos hubiéramos quedado solos mi mamá, mi hermana y yo. Recorrí la casa y las habitaciones. Todo estaba vacío y sin alma. El televisor, la cama y los libros eran unos simples objetos sin vida. Con mi papá todo tiene vida y respira. Ojalá me pase pronto la tristeza. La siento pesada como una piedra en la espalda. Tengo que sacar fuerza porque yo soy, como me dijo mi papá, el hombre de la casa ahora.

Tarde
Mi papá no está en la casa. Me vuelvo a dar cuenta. Siento mucha tristeza. Todas las cosas me recuerdan a él. Llegamos de natación y no le dije nada a mi mamá, pero la casa es un cementerio. Amo a mi mamá, no hay duda de eso. La amo mucho. No podría vivir sin ella. No quiero ni pensar si se muere, como cuando estuvo a punto de tener cáncer. Estaba muy asustada. En las noches platicaba con mi papá.

Le decía que si tuviera cáncer y se muriera, eligiera a una buena mamá para nosotros. Mi papá le decía que eso no iba a suceder porque yerba mala nunca muere. Bromeaba mi papá para sacar a mi mamá de la preocupación. Pero nada la sacaba. Mi papá entonces le decía que eso no iba a suceder porque ella no se moriría. Que, en todo caso, el que moriría era él, con todas las enfermedades que le salen. Que te inventas, le dijo mi mamá. Mi papa se inventa siempre enfermedades, eso es cierto. Yo también. En eso nos parecemos. A mí me da miedo morirme y no sé todavía por qué si se supone que todos tenemos que morirnos un día y morirse es muy normal. ¿Alguien que me explique entonces por qué me da tanto miedo morirme? Siempre estoy contando los años que me faltan para morirme. En las noches, cuando apago la luz para intentar dormirme, el miedo a que me voy a morir se me mete hasta el fondo de la cabeza y no hay forma de sacarlo. Por más que me lo sacuda, nada. Ahora que se ha ido mi papá siento también miedo. El psicólogo me ha dicho que para espantar el miedo tengo que hacer algunas cosas prácticas: comer sano (frutas, verduras, pescado, nueces y almendras, etcétera), hacer ejercicio, mantener mi mente ocupada (como leyendo) y dormir bien. Pero yo a veces hago todo y no puedo evitar ese miedo que me llega de pronto, como ahora que no está mi papá. Lo bueno fue que mi papá puso candado en el cancel y en la puerta del pasillo. Lo voy a poner todas las noches. Ya me puse el recordatorio en la alarma de mi celular para que no se me olvide. Se le pasó, eso sí, poner las rejas en la ventana de nuestra habitación, como prometió, pero yo he colocado una alarma que compré en el Todo a Dos Dólares y eso seguro nos avisará de cualquier ruido, en caso de que un hombre se quiera meter a secuestrarnos. Mi hermana también tiene miedo. Anoche le dijo a mi mamá que qué pasaría si mi papá encontraba a una mujer más hermosa en México y se quedaba allá con ella y ya no volvía. Mi mamá le dijo que eso no pasaría porque mi papá a las mujeres que más quería era a mi hermana y a ella. Como que mi hermana no le creyó porque se lo siguió preguntando cada cinco minutos hasta que se quedó bien dormida.

Noche

Mi papá va a la feria del libro de Guadalajara. Dijo que se reuniría con la editora de su novela *La mala jugada*, de Ediciones Castillo. Yo quisiera publicar en esa editorial algún día. Si reúno los mejores cuentos de mi blog, como me dijo mi papá, entonces podría publicar un libro como mi papá. Y dar autógrafos a mis lectores también. Voy a empezar a ver qué cuentos de los que he publicado en mi blog son los mejores. Tal vez mi hermana pueda ayudarme a decidir. Se los voy a enumerar y ella que decida, porque yo soy muy indeciso para decidir siempre.

DÍA 21

Museo

Maya se quedó sola viendo una escultura maorí y aproveché para preguntarle que si estaba en un grupo de porristas porque la había visto el otro día en el Édgar Center. ¿Ahí estabas?, me preguntó. Sí, le dije. ¿Y qué hacías? Fui a dar una exhibición de karate, mentí. ¿De veras? Sí, soy cinta negra, volví a mentir.

¿Tú eres porrista? Sí, dijo. Es que mi mamá quiere inscribir a mi hermana. Antes de que me contestara cualquier cosa, lancé mi dardo envenenado: estoy enamorado de ti. ¿Qué?, me preguntó. Que estoy enamorado de ti, repetí, esta vez en español, para que no quedara duda. Maya se quedó seria un momento y luego dijo: "no me importa". Me sentí como un palo seco. No supe qué decir. Nomás levanté las cejas, como un tonto. Sentí que todo el cielo se me estaba cayendo encima de la cabeza. ¿Qué tontería dije? Tal vez debí ser más cuidadoso, como dice mi papá. Maya se sonrió después de decirlo, me dio un beso en la mejilla y se fue corriendo. ¿Y esto? ¿Hay alguien que pueda entender a las mujeres?

Lunch

El maldito de Víctor me rompió un huevo en la cabeza a la hora del recreo. Me dijo: ¿quieres que te rompa un huevo en la cabeza? Le dije que sí. Víctor entonces sacó un huevo y me lo estrelló en la cabeza. No era un huevo de confeti, como los que se usan en México en las tertulias. Era un huevo de verdad, con su clara y su yema. Me escurría por la frente toda la plasta pegostosa. Sentí que mi sangre era una caldera de puro fuego rojo. Apestaba. Mis compañeros le dijeron a Víctor que por qué había hecho eso. Víctor se quedó sin decir nada, como un tarado. De camino al baño, recordé cuando mi papá me contó que la Pulga, un niño de otro barrio con el que traía pleito su barrio, lo amenazó diciéndole que le iba a romper la cabeza con una piedra. Dice mi papá que no se lo dijo la Pulga directamente, sino que se lo mandó decir con uno de su pandilla, El Tacua. Mi papá me dijo que desde que escuchó la amenaza ya no estuvo tranquilo. Todo el tiempo se la pasaba con la idea de que la Pulga, que era así como Víctor, le iba a romper la cabeza con una piedra. Dijo mi papá que lo peor es vivir con miedo y que lo mejor por eso es sacar valentía, porque les va mejor a los que son valientes que a los que son miedosos. Por eso una mañana se montó en su bicicleta, cruzó el río, luego el Parque Hidalgo, y fue hasta la casa de la Pulga, que vivía en una vecindad. Tocó la puerta de su casa y de adentro salió la Pulga. Dijo mi papá que lo primero que le dijo fue: ¿que tú andas diciendo que me vas a romper la cabeza con una piedra, Pulga? Pero dice que se lo dijo con miedo, así como preguntándoselo, no como queriendo pelear, que era lo que menos quería porque la Pulga era famosa porque supuestamente sabía box. No, yo no dije nada, dijo mi papá que dijo la Pulga, asustado y echándose para atrás. Mi papá se asombró de ver que la Pulga parecía más bien una gallina y no el tigre enjaulado que presumía ser, y que entonces aprovechó para decirle: pues si quieres partirme la cabeza aquí estoy para ver quién se la parte a quién, que yo no le tengo miedo ni al diablo, Pulga, dice mi papá que le dijo. La Pulga peló los ojotes y dijo: aquí que muera, Tete, y chocaron la mano en señal de paz. ¿Amigos? Amigos, contestó mi papá. Yo tengo que hacer lo mismo con Víctor. Que ya me está agarrando de su puerquito.

DÍA 25

Antes de dormir

No sé cómo lo hice pero de pronto me toqué el corazón con la mano. Sentí las palpitaciones pum, pum, pum. Bien agitadas. Y pensé: un día me dejará de funcionar y entonces voy a morirme. ¿Y si ese día es hoy?, me pregunté lleno de miedo. Me seguí tocando el corazón y sentí las palpitaciones más rápido: pum, pum, pum, pum. Eran como las manecillas de un reloj que se hubiera vuelto loco. Le pregunté a mi mamá, que estaba leyendo en la oficina de mi papá, que si el corazón podía parárseme ahorita de un momento a otro, y mi mamá me dijo que eso era imposible y que mi corazón seguiría palpitando mil años. ¿Tantos, mamá?, le pregunté. Sí, me dijo, y como tú te portas bien puede que te palpite una eternidad. No sé por qué cuando oí la palabra eternidad me sentí más tranquilo, el corazón dejó de palpitarme como un martillo y apagué la luz seguro de que mañana me levantaría más fresco que una lechuga para irme a la escuela.

DÍA 27

La maestra Miss Gemar llegó con un pie enyesado a la escuela. Se lo había roto. Dijo que cuando caminaba sintió que un hueso se le quebraba. Traía el pie enyesado. Yo se lo vi. Me quedé toda la clase viéndoselo del tobillo y después, tal vez de tanto vérselo, mi tobillo empezó a dolerme. Sentí también que se me iba a quebrar. Empezó a dolerme al caminar. No quise incluso jugar futbol en el recreo ni nada, para mejor no arriesgarme a que se me rompiera. Lo sentía débil, como si mi hueso fuera de hule, o de cristal, y fuera a quebrarse en el momento menos pensado. Mi mamá me llevó con el doctor para que me revisara y el doctor me dijo que tenía los huesos más duros que un hierro, pero aun así no se me quitaba la idea de la cabeza, que parecía darme por todos lados como un martillo. Entonces apartamos una cita con mi psicólogo y éste me confirmó que era parte de lo mismo: una idea nada más, y que tenía que relajarme y creer en lo que me había dicho ya el doctor. El psicólogo me hizo caminar, saltar, correr de un lado a otro de su consultorio, y con eso me demostró que nada más era mi miedo el que quería preocuparme más de la cuenta por una enfermedad que no tenía más que en mi imaginación. ¿Sudaste?, me preguntó. Sí, le dije. ¿Sentiste que se te acababa la respiración? Sí. ¿Cómo te que mareaste? Sí, sí, le dije. ¿Como que te ibas a volver loco incluso? Sí, también. ¿Y como que se te iba a parar el corazón y te ibas a morir ahí mismo? Sí, le contesté, sí. ¿Te dieron ganas de salir corriendo, de huir? Sí, esta vez se lo dije moviendo la cabeza. Eso se llama ataque de pánico, caballerito, me dijo, y aunque son difíciles de controlar, tienes que aprender a saber esos síntomas para que no hagan que tu corazón palpite como un caballo. Tienes que respirar hondo y saber que nada te pasará, que eres un niño muy sano. Poco a poco me empecé a tranquilizar y cuando salí del consultorio ya no tenía miedo, aunque toda la tarde estuve tocándome el pie y el tobillo y la pantorrilla, para cerciorarme de que no lo tenía roto. En la noche, mi mamá me hizo un té de pasiflora para que durmiera tranquilo. Lo bueno es que mañana regresa mi papá de México.

ABRIL

DÍA 4

Al Brockville llegó un nuevo vecino. Es un niño de mi edad, más o menos, nada más que él está un poco más alto, usa un arete en la oreja derecha y el pelo largo con un chongo por atrás. Viene de la bahía Sawyers, el mismo barrio en el que vive mi amigo David. El nuevo vecino se llama Patrick y dice que es muy fuerte y allá en su escuela de Sawyers dice que golpeaba a sus enemigos hasta tumbarles los dientes. Y cuando lo decía hacía así con los brazos y nos enseñaba sus músculos. A mí la verdad me daba miedo Patrick porque aparte tenía un diente roto, como de vampiro, y cada que se reía, se le veían los picos. Daba miedo. Yo le pregunté que si conocía a mi amigo David, que iba a la misma escuela, y dijo: sí, ese no es más que un saco de papa. Así me lo dijo y peló los dientes rotos, que le brillaban con el sol. Pasé saliva tres veces. O cuatro. Dije: éste sí me mata. Porque, además, se le veía como que tenía una navaja fajada en el pantalón. Cuando regresé a la casa y le conté a mi mamá de Patrick, me dijo: ese chiquillo es un mentiroso. No le creas nada. Yo le dije que era cierto. Y mi mamá terca con que no. Me dijo: pregúntale a David ahora que vamos a la fiesta y verás qué te dice. Pues le preguntaré. Claro que sí.

DÍA 6

Por fin se me quitó la bolita. Ya no usaré más la muñequera, que me tenía cansado, cansadísimo. Mi papá me dijo que de todas maneras no me colgara de las barras ni de los árboles ni de nada, y que tuviera cuidado en las próximas semanas de no hacer mucha fuerza con esa muñeca, no vaya a ser que me salga la bolita otra vez. Le prometí que no lo haría, mejor dicho se lo juré. Ha sido una pesadilla pensar que me iban a operar si no se me quitaba, abrir con un bisturí, sacarme la bolita, llenar de sangre la sábana blanca. La bolita ha desaparecido y yo vuelvo a disfrutar otra vez del aire fresco de la mañana. No quiero ni acordarme del día que me apareció. Fue aquél que hice pesas en casa de Will, sin el consentimiento de sus papás. Cuando levanté una pesa sentí como que algo me tronó en la muñeca, un tendón o un ligamento o algo. Pero no fue hasta el siguiente día que sentí la bolita. Cuando mis papás me preguntaron cómo había sido, yo les dije que no sabía, pero después sentí que por echar mentiras Dios no me iba a quitar la bolita y me tendría que operar, así que no tuve más remedio que confesárselos. Mi mamá me recriminó mi falta de cuidado. Mi papá me dijo que la vida era así y que uno poco podía contra el destino: cuando no te toca, aunque te pongas; y cuando te toca, aunque te quites. Yo no estoy seguro de que así sea, porque de no haber metido mis narices en las pesas de Will ninguna bolita me habría salido en la muñeca.

DÍA 7

Hoy me di cuenta que no me gusta mi nombre. ¿Cómo te llamas? Bruno, digo, lo repito y no me gusta. ¿A cuántos niños no les gusta su nombre? ¿Por qué nos ponen los nombres los papás y no nosotros? Eso debe ser porque no podemos hablar cuando nacemos y lo mejor es que sean nuestros papás los que nos pongan un nombre. Yo no le digo a mi mamá que no me gusta mi nombre para no hacerla sentir mal. A veces no me aguanto y casi se me sale decírselo, pero me detengo a tiempo. A mí me habría gustado llamarme Orlando. O tal vez Mario, como mi primo. O Maccoy, como mi tío. Tampoco me gusta ser chaparro. Mi papá insiste que mi altura es la apropiada a mi edad, pero yo veo claramente que Jala, Sam y Helery me sacan casi un brazo. No me gusta ni mi nombre ni ser chaparro. Desde que vi que jugar basquetbol ayudaba a que se me estiraran los huesos, todos los días practico y brinco lo más alto que puedo, como un canguro, para ver si por lo menos rebaso a Maya, porque no me gusta nada estar de su misma estatura, y menos cuando imagino que se pone zapatillas y queda más alta que yo. No quisiera que nadie se enterara, pero la verdad es que estoy loco por Maya. Quisiera casarme con ella y hacer una boda grande para invitar a todos mis amigos. Maya es la niña más hermosa de todas las escuelas de la ciudad. Yo creo que de todas las escuelas del mundo, más bien. Y aparte habla español, como yo.

DÍA 9

Desde que Víctor me partió el huevo en la cabeza practico box en el costal de box de mi papá. Todas las mañanas, como hace mi papá cuando está aquí. Ahora no está. Está en Auckland, a donde fue a dar una conferencia. Lo extraño. No dejo un día de pensar en él. Al principio pensaba que no lo iba a extrañar. Bueno, casi lloro cuando se fue, pero creí que después me olvidaría y mi vida continuaría normal como siempre. Pero no: sí lo extraño. A veces pienso qué pasaría si mis papás se divorciaran. Un día escuché que hablaron de eso. Mi mamá le dijo que lo dejaría por andar haciendo cosas indebidas y que nos llevaría con ella y nunca dejaría que nos viera. Nunca. Si eso sucediera, yo seguro me iría a vivir con mi mamá y mi hermana, pero sí me gustaría ver a mi papá todas las veces que fuera posible. Mi papá le dijo a mi mamá que era su cruz y lo tenía que aguantar. Y mi mamá le contestó: que te aguante tu abuela. Yo no quisiera que se divorciaran nunca, me dolería tanto como me dolió el día en que un temblor partió en dos el árbol donde tenía mi columpio de llanta.

Hoy he recibido una triste noticia. Es el último día de Maya en la escuela. Sus papás la van a cambiar a San Joseph porque queda más cerca de la nueva oficina de su papá. También a Valeria, su hermana. La noticia fue como si me clavaran una estaca en el corazón. Hice todo lo posible para que mis compañeros no se dieran cuenta de que estaba triste, porque me harían burla. Lo bueno es que vive cerca de la casa y mis papás se reúnen con frecuencia, pero nada hay como verla en la escuela, todos los días. El próximo año me voy a México y ya no volveré más porque mis papás han decidido que pase el último año de primaria en San Francis, si es que siguen haciéndole bullying a mi hermana. Les dije que por qué no me metían a San Joseph y me dijeron que porque no era la mejor opción para mí, ni para mi hermana. Mis papás siempre creen que lo mejor para mí es lo que ellos creen que es lo mejor para mí y no lo que realmente yo quiero. Yo lo que quiero es cambiarme a San Joseph, para estar cerca de Maya, pero los hijos parece que siempre tenemos que hacer lo que dicen los padres. Dice mi papá que como San Francis es más grande, seguro podré encontrar más tipos de diferentes deportes. Yo le dije que en ese caso me cambiara a San Joseph, porque era más grande que San Francis, pero él me dijo que antes de querer correr tenía que aprender a caminar. No entendí qué quiso decirme con eso, pero en cualquier caso es verdad que San Marys, donde estoy ahora, se está quedando sin alumnos y por eso no podemos participar en torneos de deporte porque no completamos nunca los equipos. Este año no jugamos basquetbol porque no había suficientes alumnos.

Ni tampoco futbol. Ni mucho menos beisbol. Mis papás dicen que en San Francis, en cambio, como es una escuela más grande y con más alumnos, sí podré jugar en todos los deportes, no nomás en uno. Pero a mí no me gusta cambiar. Me gusta estar en un solo lugar, con los mismos amigos siempre, y no andar como grillo de un lado a otro. Mi papá es como un grillo: siempre anda de un lado a otro. No hay día que no hable de cambiar de país o de ciudad, de viajar a sabe dónde, de salir incluso a la calle. Mi mamá dice que tiene chile en la cola y que por eso no se está quieto. Yo, por eso, quisiera quedarme en San Marys o, en todo caso, irme a San Joseph, para estar cerca de Maya. Esto sería lo mejor que pudiera pasarme. Pero hoy tengo que aguantarme y ver cómo Maya se despide de todos y no sé cómo decirle que no quisiera que se fuera, que quisiera que se quedara aquí por siempre.

En la noche
Otra vez creo que me voy a morir. Ayer también tuve esa idea antes de dormir: que me voy a morir. Le dije a mi mamá que qué pasaba si me moría y me dijo que no pensara en eso porque yo nunca me iba a morir, que los niños no se mueren. Los niños sí se mueren, le dije, y le expliqué que el niño Guy, el de la novela *Canek*, se murió, y que yo no quería morirme. Sí, pero esa es una novela, nada más, me dijo, y las novelas no son la realidad. Entonces le dije que mi amigo Juan, el de México, también se había muerto en la realidad, ¿o no? Y mi mamá me dijo que sí, pero que era diferente: ese niño no se alimentaba bien y se portaba mal con todos los niños del barrio. No me convenció. Hoy creo otra vez que me voy a morir y aunque tengo ganas de decírselo prefiero no hacerlo

porque me saldrá con lo mismo de siempre. Dirá que son mis ideas y que piense cosas bonitas. Al fin que ya se me quitó la bolita, dirá. No sabe que yo la sigo sintiendo en la muñeca. Me miro la muñeca y la veo de verdad todavía ahí, un bultito que sobresale en la piel enrojecida. Sólo de pensar que me pudieron haber operado me vuelve se me acelera el corazón y siento que se me va a salir por la boca en cualquier momento. El psicólogo me ha dicho que cuando tengo días de emociones fuertes o tristes es casi seguro que después me lleguen los pensamientos sobre que tengo enfermedades o me voy a morir, así que debo prepararme para que no me tomen de improviso, hacer las respiraciones que me aconsejó (inhalar profundo por la nariz, retener cinco segundos, exhalar por la boca, etcétera) y recordar algo que me haya hecho muy feliz. Hago lo que me indica, pero lo de Maya me hizo sentir muy triste. La noticia fue como llegar a una ciudad deshabitada.

DÍA 18

Qué bueno que ya volvió mi papá. No habría podido vivir sin él. Es como el aire que respiro, la comida que me alimenta, la sangre que llevo en las venas. Mi mamá lo llenó de besos y le dijo que lo extraño mucho. Mi hermana se abrazó a él como uno se abraza a un gran árbol. Mi papá es el tronco de ese gran árbol, da una sombra enorme y aunque tira a veces también mucha hojarasca, a nosotros no nos importa barrerla todo, todos los días.

Vino Maya a la casa. Estuvimos jugando todo el día en las bicicletas mientras nuestros papás asaban carne y salchichas. No sé si ya lo dije, creo que ya, pero lo repito: Maya es chilena y vive a la vuelta de la casa. Se mudaron a este barrio poco después que nosotros. Sus papás y mis papás son muy buenos amigos, y ella es diferente cuando nos vemos en las reuniones familiares de cuando nos vemos en la escuela. Quiero decir de cuando nos veíamos, porque ya la han cambiado a San Joseph. Es una niña muy tierna. Siempre me abraza y me da un beso cuando los visitamos o nos visitan en la casa. Cuando vio mi guitarra nueva me preguntó que si sabía tocarla y le dije que claro. Me pidió que le tocara una canción. Me dio pena al principio, pero como vi que mis papás estaban afuera muy metidos en su plática, le dije que se la cantaría. Le canté "Eres mi droga", que es la que mejor me sale. Maya me escuchaba con la boca abierta. Al terminar, me dijo: no sabía que cantabas tan bonito, Bruno. ¿Me cantas otra? Me aseguré de que no me vieran nuestros papás y le dije que sí. Esta vez le canté "Con olor a hierba", que acababa de aprenderme. Maya estaba sorprendida y me dijo que quería que le enseñara a tocar guitarra. Le dije que sí, que la próxima vez podía venir a casa para enseñarle a tocar guitarra. Yo te puedo enseñar a tocar piano, me dijo. Sí, le contesté, es una buena idea. Maya se me quedó mirando a los ojos de una forma que me dio pena. Nunca me había mirado así, ni en la escuela ni en ningún otro lado. Era como si sus ojos se hubieran clavado como una estaca en los míos. Para siempre.

Ya sé que no existe Santa Claus. Lo supe el año pasado. Aunque ya lo sospechaba, lloré cuando me lo dijeron. No entiendo por qué uno debe saberlo. Yo hubiera querido no saberlo nunca. Mi hermana no lo sabe y dice que le hará una carta a Santa Claus pidiéndole muchos regalos. Ella cree de verdad que Santa Claus entra por la chimenea y nos deja los regalos en el arbolito de navidad. Yo ya no puedo creerlo más. Ya sé que ni Santa Claus ni el Niño Dios existen, pero aun así le dije a mi mamá que si podía hacer una carta de navidad. Me dijeron que sí y que harían todo como si en realidad yo no supiera que Santa Claus y el Niño Dios no existen. Eso me puso muy contento. Escribí la carta y la puse debajo del arbolito de navidad, al lado de la carta de mi hermana. A veces me confundo y llego a pensar que sí existe Santa Claus y que en cualquier momento bajará por la ventana y nos dejará todos los regalos que le pedimos. No sé por qué recordé hoy a Santa Claus si apenas estamos en abril y todavía falta mucho para navidad. Tal vez sea porque esta vez iremos a México en junio o julio y no a finales de año. Será la primera navidad que no estaremos en México. Le hablé a mi primo Mario para preguntarle si estaba en Facebook, porque me llegó a mi correo una invitación de él. En realidad tenía ganas de hablar con mi primo. Por eso le llamé. Esta vez no estaré en México para la navidad y me da mucha nostalgia. México está lejos, lejos de aquí. Allá hay mucha alegría siempre en las navidades. Aquí no. Es como un cementerio. La gente no se alegra, no sale, no se ven las casas llenas de luz, como en México. Mi primo Mario me dijo que tenía Facebook y que tenía muchos amigos. ¿De la escuela?, le pregunté. Sí, me dijo. Yo también quisiera tener Facebook pero mis papás no me dejan, le dije. Si tuviera, tendría a los mismos amigos que tiene mi primo Mario porque estamos en el mismo salón cuando voy a la escuela en México. Luego hablamos del rugby y del futbol y le dije que cuando fuera les iba a enseñar cómo jugar rugby, un deporte que no se juega en México. Mi primo me dijo que sí. Nos despedimos y me sentí más triste. Me gustaría meterme en una nave del tiempo e irme a México en este instante, y llegar allá en segundos, y poder pasar navidad con todos mis primos y abuelos. No me gusta estar lejos de México, y menos en tiempos de navidad. Será la primera vez que no vayamos a México. Aquí no me gusta la navidad. Todo afuera es como si estuviera muerto. No se escucha ningún ruido. En México, en cambio, escucharía voces, gritos, ruidos de automóviles, cuetes. Pura vida.

DÍA 27

¡Ya tengo Facebook!

MAYO

DÍA 2

En el Facebook ya me habían dado invitación muchos amigos. De haber sabido lo saco antes, pero mis papás no me dejaban porque decían que era peligroso. Hay personas malas que pueden hacerte daño, dijo mi mamá. Y también mucha violencia, agregó mi papá. Está bien, pero al final me dejaron con la condición de que sólo aceptara amigos de mi escuela de México y de aquí. Me encontré a Joel. Fue al primero, del Victoriano Guzmán, el colegio al que voy cuando vamos de vacaciones a México y yo tengo que estudiar una temporada para no perder mi español. Revisé el muro de Joel inmediatamente y me morí de la risa. Joel escribió en su muro que le había dado invitar una chiquilla de los Basquets Sound, según eso muy famosa y que todos la quieren. Dizque el Joel iba a ahorrar para ir a Tijuana a visitarla. Estoy enamorado, escribió el Joel. No es raro: el Joel de todas se enamora.

DÍA 8

Fuimos de paseo a un lago grande, grandísimo. Se llama Te Anau. Mi papá dijo iremos de paseo y eso significa subirnos al carro y viajar, viajar interminablemente por una carretera. Rentamos una cabaña justo frente al lago, de lujo. Le dije a mi papá: ¿la rentaste a propósito, papá? Me dijo: no, era lo único que había para estas noches. Salió carísima, así que utilicen todo: la tele, el video, la cafetera, el agua caliente, ensucien las toallas, brinquen en los sillones, todo. Jajaja, me reí mucho. Mi papá a veces está reloco. En la tarde caminamos por la orilla del lago y nos tomamos fotos frente a un yate y una avioneta de agua, y en la noche juntamos las tres camas de nuestra habitación para dormir mi hermana y yo, pero cuando apagamos la luz me empezó a dar tristeza. No pude evitar llorar. Mi hermana me decía que aquí no pasaría nada, que no robaban niños ni nada pero yo le dije que lo que pasaba era que extrañaba mi cama y tenía miedo. Mi mamá vino y me dijo que no me preocupara. Aquí me quedaré acompañándolos hasta que se duerman y luego me iré a mi cama, dijo, pero no fue cierto: antes incluso de que nosotros nos durmiéramos ya estaba roncando. Yo todavía me quedé despierto un largo rato. No me podía dormir. Iba a levantar a mi mamá para decirle que estaba pensando que tenía una guitarra nada más con dos cuerdas y que podía tocar todas las canciones que quería, y que no podía quitarme ese pensamiento de la cabeza, la guitarra con dos cuerdas, la guitarra con dos cuerdas, pero después recordé que en Facebook estuve viendo un video de una aplicación para X-Box con la que podías conectar una guitarra y enseñarte a tocar canciones. Vi como diez veces el video de la aplicación y yo creo que eso fue lo que me dejó la cabeza vuelta loca: la guitarra con dos cuerdas, la guitarra con dos cuerdas. Empecé a sentir que no iba a poder dormir, que no podría, y me empecé a desesperar más, y entonces fue que recordé lo que me dijo el psicólogo: que si sentía que no podía dormir no insistiera en dormir, mejor que me quedara recordando algo que me hubiera hecho feliz o me pusiera a hacer planes sobre lo que haría en las próximas vacaciones. Yo me puse a pensar lo que haría al siguiente día en el crucero al que iríamos. Luego dije en voz muy baja el Salmo 23: "El Señor es mi pastor…". Lo dije una, dos, tres veces y eso me tranquilizó. Cuando menos lo esperé, me quedé dormido, aunque estuve a punto de despertar a mi mamá.

DÍA 13

Fuimos a un crucero al mar de Tasmania. Estaba muy contento, ansioso por subirme, esperamos como dos horas, pero cuando ya estuve arriba me empecé a poner nervioso, pensé que nos hundiríamos a mitad del océano, o que nos caería encima una cascada. Mi papá me dijo que eso no podía ser posible, eso de la cascada. Que no me preocupara. Pero ¿y lo de hundirnos?, le pregunté. Se quedó callado. Miren qué bonito paisaje, dijo desviando la plática. Lo de hundirnos, menos, Bruno, dijo, y siguió señalando el horizonte.

En la cabaña, de noche

Anoche no podía dormir, todos los malos pensamientos otra vez dando vueltas en mi cabeza. Traté de hacer lo que me dice mi mamá, pero es inútil: los pensamientos malos son siempre más fuertes que los buenos. Fui al cuarto de mis papás y les toqué la puerta. Salió mi mamá y le dije que no podía dormir y empecé a llorar. Estaba desesperado. Y qué piensas, me preguntó. Pues pienso que qué hubiera pasado si se hubiera hundido el barco donde íbamos o yo me hubiera caído al agua y nadie se hubiera dado cuenta o se le hubiera acabado la gasolina al carro, porque mi papá descubrió que traía poca y no sabíamos si íbamos a llegar de regreso, y también me dio miedo el túnel, sentí que se nos iba a acabar la gasolina adentro y se iban a apagar las luces y cerrar las puertas y de pronto, cuando menos nos diéramos cuenta, toda la montaña se nos caería encima y moriríamos aplastados. Mi mamá me preguntó que si eso estaba pensando en realidad o era pura mentira para no dormirme. Yo le dije que incluso estaba pensando cosas peores, como, por ejemplo, que seguía teniendo la bolita en la muñeca, aunque no la tuviera. Está bien, dijo mi mamá, y me pidió que entrara al cuarto. Me acosté con ella en la cama, empezamos a hablar de que mañana iremos a Queenstown y nos subiremos a la góndola, que rentaremos los go karts y después nos lanzaremos de la tirolesa. Me dijo mi mamá que no me preocupara por lo que pudo pasar, porque sobre eso ya no podía hacer nada, ni tampoco sobre lo que me podría pasar, porque tampoco podría hacer nada. Más bien que pensara en que el viaje en el crucero estuvo de maravilla y ella no dudaría en volverlo a repetir. Que pensara también en que en este momento estaba bien y eso era todo. ¿Viste esas ballenas? Sí, le dije. Recordé las ballenas, cómo sacaban su aleta por encima del agua y se movían con lentitud, como si no tuvieran prisa de llegar a ninguna parte. Mañana tendrás que hacer un poco de ejercicio en la mañana, me dijo mi mamá, porque tú sabes que correr te cae muy bien. Sí, le contesté, y cerré los ojos. No recuerdo a qué hora me quedé profundamente dormido.

DÍA 18

Hoy le hablé a Maya para ver si quería jugar conmigo. Le estuve dando vueltas a la cabeza: ¿le llamo? ¿no le llamo? ¿le llamo? ¿no? ¿sí? Pensaba que mi papá se burlaría de mí y me diría que estoy enamorado de Maya. Son sus bromas de siempre. En realidad, estoy enamorado de Maya, pero no quiero que mis papás lo sepan. O no sé si estoy enamorado, a veces. ¿Tal vez por eso quiero verla? Yo no sé si tener muchas ganas de ver a alguien siempre es estar enamorado o no. Una noche le pregunté a mi mamá: ¿cómo sabe uno cuando está enamorado, mamá? Pero no me supo decir. Dijo algo así como que es algo que sientes y ya. Eso fue lo que me dijo. O sea que me dejó en las mismas. Pero hoy le dije a mi mamá: estoy aburrido, quisiera jugar con alguien, pero no está ni Keilap ni Will. ¿Y por qué no le llamas a Maya?, me preguntó. No sé, le dije, es niña. Esto se lo dije en realidad nomás por decírselo, para hacer como que en realidad no tenía ganas de ver a Maya. Mi mamá me dijo: ¿y qué tiene que sea niña? Le contesté: sí, verdad? Llámala, me dijo. Yo puse una cara, así como si en realidad no tuviera nada de ganas de llamarle y más bien lo hiciera por lo aburrido que estaba, pero en realidad mi corazón latía a mil por hora, como un caballo desbocado: tun, tun, tun, tun, tun. Cogí el teléfono y le marqué, pues ya tenía mucho tiempo sin verla, casi desde que se cambió de escuela. Me contestó su mamá: Mariana, llamaba para preguntar si Maya quiere salir a andar en patín conmigo en la primaria. Mariana le preguntó a Maya y Maya gritó desde el fondo: ¡Síiiiii! Mi corazón se aceleró más, esta vez como si se me fuera a caer al suelo. ¿Puedes venir por ella, Bruno?, me preguntó Mariana. Sí, claro, contesté. Voy para allá. Colgué y le dije a mi mamá que iría a casa de Maya. Mi mamá me dijo: cuídense mucho, y tú sé bueno con ella, educado, caballero, ¿me oíste? Me canso que lo seré, pensé entre mis adentros, y luego le dije a mi mamá: sí, mamá, está bien. Aguzado, pues, gritó mi papá desde su oficina, poco antes de que saliera corriendo.

Maya

No sé si ya lo dije, pero Maya tiene el pelo rubio, los ojos jalados y un labio, el de arriba, saltado. Lo tiene como si estuviera parando la trompita para dar un beso. Le gusta jugar a que tenemos un club y ella es la generala y da las órdenes. En los juegos de la escuela de Brockville me dijo, por ejemplo, que si podía cruzar de una orilla a la otra del pasamanos y yo le dije que eso era lo más fácil que había en la vida. Pues muy bien, dijo Maya, te ordeno que cruces. Yo en realidad no sabía si iba a poder cruzar o no, pero tenía que hacerlo porque quería demostrarle mi fuerza. Aunque tuve miedo de que me saliera la bolita otra vez, no me importó: me colgué del primer tubo y me impulsé para llegar al segundo. Sentí que los brazos se me salían del cuerpo de la tantísima fuerza que estaba haciendo. Ya casi no podía. Me dolían las muñecas y se me empezaron a resbalar las manos. Avanzaba pero me faltaba la respiración. Uno, otro, uno más. Por fin alcancé el último peldaño y puse los pies sobre el escalón. Sudaba mares. Volteé y vi que Maya tenía una expresión de asombro, su sonrisa de oreja a oreja y me aplaudía. ¡Bravo, ¡Bruno, eres Superman! ¡Eres Superman! Me quité el sudor de la frente y bajé la escalera. Me cercioré de que no se me hubiera saltado la bolita. Maya seguía con su sonrisota de oreja a oreja. Su pelo rubio movido por el viento. Me dijo que tenía que volver a casa. ¿Ya es hora?, le pregunté. Sí, me dijo, y hasta nos pasamos. Vámonos, le dije, y tomamos el atajo. Con Maya se me pasan las horas sin darme cuenta. ¿Tal vez esa es la señal para saber que uno está enamorado? Qué bueno que sus papás se han hecho más amigos de mis papás porque así puedo verla más, y jugar más de lo que jugaba con ella cuando estaba en la escuela.

DÍA 20

Hoy es el cumpleaños de mi mamá. Lo celebraremos en casa. Mi mamá hará enchiladas dulces con ensalada de lechuga y rábanos de nuestra hortaliza. Mi papá compró cerveza y botana. Incluso habrá patas de puerco en vinagre y chicharrón. No vendrá nadie a la casa ni nosotros iremos a ninguna tampoco. A mis papás les gusta celebrar los cumpleaños en casa. Ellos dicen: en la intimidad. Nos pondremos ropa nueva porque es de buena suerte, como en el año nuevo. Mi papá le pidió a mi mamá que si podía hacer el ritual que hace normalmente mi abuela Laura en México. Este ritual consiste en embadurnarnos en el cuerpo un aceite rojo y dejarlo que se nos seque solo. El aceite rojo espanta los malos espíritus y trae la buena suerte. Nomás que es muy pegajoso. Por eso no me gusta que me pongan. Siempre digo que no, pero al final termino aceptando. Pienso: ¿y si me machuca un carro por no haberme echado el aceite ese? ¿y si me enfermo de cáncer o algo así? ¿y si me roban mi patín del diablo? Mañana iré a casa de Sam, mi amigo de la escuela. Me habló para invitarme a pasar el día con él. Me había invitado a una pijamada, pero ya sé que no puedo dormir en otra casa que no sea la mía ni aunque me grabe mi mamá mi oración de la noche. No cambiaré mi cama por nada nunca en la vida. Pienso vivir con mis papás por siempre.

DÍA 23

Nos pasamos la noche los cuatro nada más: mi papá, mi mamá, mi hermana y yo. Nadie más. Estuvimos muy contentos aunque extrañamos México. Lo extrañamos mucho. Yo más. No lo dije, pero extrañé mucho a mis primos, mis abuelos, toda la gente que se reúne para festejar los cumpleaños allá, donde hacen pozole o birria. Pero, aun así, pudimos ser felices los cuatro, pese a la distancia.

DÍA 25

Mi primer libro

Quiero publicar algunos cuentos de mi blog, los mejores, pero no sé en cuál editorial. Mi mamá me dice que en

Ediciones Castillo. Mi papá dice que mejor en Praxis, con mi tío Carlos, porque ahí fue donde él publicó su primer libro, *Los dolores de la carne*. Mi mamá se rió y dijo que no era fácil publicar un libro así nomás. Que estaba soñando. Pero mi papá dijo que nada en la vida es difícil mientras uno lo desee con alma y cuerpo. Además, dijo, el que no sueña está muerto, es como un saco de arroz o una mesa vieja o un pedazo de madera. Yo creo que voy a publicar el libro con mi tío Carlos, porque además mi tío Carlos me quiere mucho. Dice que me parezco a Onetti, ese escritor que tanto le gusta a mi papá. Por algo me lo dirá. Empezaré a hacer una selección de mis cuentos, que no son pocos y que fue lo primero que publiqué en mi blog, que ahora me sirve más para olvidarme de pensamientos que me hacen sufrir que para conservar mi español. "Escribir es la mejor terapia que he encontrado para ser feliz", dijo mi papá a una entrevistadora. Y es cierto: yo también escribiendo soy feliz, me olvido de que tuve una bolita en la muñeca y nada que me molesta pensar que no voy a poder dormir en la noche, hasta me río de esos pensamientos latosos. Sí, haré una selección de mis cuentos, se los leeré a mi hermana y ella que me diga cuáles les gustan más. Ella siempre toma las mejores decisiones.

Secador de manos

Después de comerme una torta del Subway en el centro comercial me dieron ganas de hacer pipí. Me metí al baño y luego de terminar me lavé las manos. Busqué la máquina y vi una muy moderna que decía que secaba las manos en dieciocho segundos. Tenía una luz azul así también como muy galáctica, como si hubiera sido hecha por extraterrestres.

Parecía una máquina de Rayos X, eso es. Entonces le metí la mano y en un milisegundo la saqué porque la máquina hizo un sonido de turbina fuertísimo y pensé que iba a agarrar más potencia y me iba a chupar los dedos con todo y huesito. Pensé también que luego seguiría con todo mi cuerpo, chupándomelo así como una aspiradora, y mejor saqué las manos. Busqué toallas de papel y como no encontré me limpié en el pantalón, pero esto después de que un viejito que estaba ahí se metió al baño. Yo prefiero mejor una toalla, la mera verdad, dijo cerrando la batiente tras de sí.

DÍA 27

Hoy fuimos a casa de Maya. Sus papás invitaron a mis papás a tomar un café. Me dijeron que si quería ir. Les dije: bueno, sí, como si no tuviera muchas ganas. Mi corazón latía por dentro otra vez. Como un loco. Me puse una camisa nueva, me peiné con gel y le pedí a mi papá un poco de su desodorante y su perfume. ¿Y éste?, dijo. Es que Sam me dijo que usaba el perfume y el desodorante de su papá y que se sentía bien fresquito, le dije para que no se diera cuenta de nada. Ah, dijo mi papá, nomás. Te puedes llevar el patín, Bruno, dijo mi mamá. Cogí el patín y lo subí en la cajuela del carro. Me veía por el espejo retrovisor cada cinco segundos para ver si no estaba despeinado. ¿Y éste?, dijo mi papá de nuevo. Es que siento que tengo hinchado este ojo, dije, señalándoles el izquierdo. A ver, dijo mi mamá. Es tu imaginación. Eso será. Llegamos a casa de Maya. Estaba su papá estacionando el carro. Mi papá lo saludó como siempre: ¡ese mi hermano! Así saluda a todo mundo mi papá y la gente cree que es muy alegre pero en realidad mi papá no es tan alegre como parece. Hace bromas, sí, todo el tiempo, y sí es alegre, digamos, pero también es triste. No le gusta mucho la gente. Más bien le gusta estar en su oficina, leyendo y escribiendo, todo el tiempo. Escribe poemas y novelas. Yo he leído algunos de sus poemas, pero no sus novelas porque dice mi mamá que son para adultos, con sangre y muertos. Nos bajamos del carro y en eso vi que Maya bajó las escaleras corriendo y vino hacia mí. Me abrazó fuerte y me dio un beso. Como yo no sabía si hacerme para el lado izquierdo o para el derecho, me lo dio en la boca. Sí, ¡en la boca! El corazón se me puso como una barra de hielo. Todo el cuerpo se me paralizó. Quise limpiarme la boca rápidamente, pero no pude. El vecindario entero me estaba viendo. Así que me hice como si nada hubiera pasado y saqué el patín de la cajuela. Maya fue por el suyo. Paseamos por la banqueta un rato y después me invitó a jugar Lego. Es un juego para armar bloques y hacer figuras. Ella me daba las piezas y yo iba formando las figuras. A veces su mano tocaba mi mano, a veces la mía tocaba la suya, unas veces ella lo hacía a propósito y otras yo también lo hacía a propósito. Formé un helicóptero, un pequeño tren y un tráiler. La tarde, con Maya, se me pasó volando, aun cuando hice todo el esfuerzo del mundo por detener el tiempo.

JUNIO

Mi hermana dijo lo mismo de siempre: que quería tener un puesto de comida en el tianguis y que yo cantara con mi guitarra. Siempre dice eso, no sé por qué. Y mi papá, como es su consentida, dijo: es una buena idea. Bruno toca la guitarra y tú cocinas, Kiki. ¿Qué tal? ¡Sí!, gritó Kiki. Yo les dije que no, que la verdad me daba pena a mí eso. Mi papa frunció el ceño y me dijo que pena debería darme robar, no trabajar. Aun así, a mí me da pena.

DÍA 4

Vino Sam a visitarme. No quería, pero tuve que aceptar porque él me invito el otro día a su casa.

Me llamó y le dije que estaba bien. Que viniera. Sam me cae bien y me cae mal. Me pasa siempre con los amigos lo mismo. Un día me caen bien y otro día quisiera correrlos de la casa a patadas. No son muy amiguero, pero Sam es de todos los amigos que he tenido en todas las escuelas que he estado el mejor amigo. Su papá es de Omán y su mamá es neozelandesa, pero están separados. Su papá vive en Omán y sólo habla con Sam una vez por semana. Sam vive con su mamá y su abuelito, papá de su mamá, y con su hermana. Son muy buenas personas. Sam y yo nos reímos mucho, de cualquier cosa. A veces nos reímos de nada, estando incluso callados, como si nos comunicáramos telepáticamente. Yo creo que esa es la verdadera amistad: cuando uno se ríe de todo sin incluso haber motivo para reírse de nada. Con Sam me sucede eso, y por eso es el mejor amigo que he tenido en la vida.

DÍA 12

La casa está vuelta loca. Preparamos el viaje a México. Casi tres meses, por el sabático de mi papá. Nos vamos a Villa Hidalgo, el pueblito donde nacieron mis abuelos maternos. Todo es arreglar lo de la luz, lo del jardinero, la ropa que nos llevaremos, tenemos que cerrar la cuenta de Skype, dejarle la llave a los papás de Maya, vaciar el refrigerador, tirar toda la basura, quitarle la batería al coche, cancelar la licencia. Todo es para volverse locos. Yo ni siquiera estoy atento en la escuela ya. Me siento raro, como si me fuera a ir para siempre. ¿Volveré a esta escuela? Mi mamá dice que me cambiará a San Francis, donde irá mi hermana también. Es que San Marys, como ya dije, se está quedando sin estudiantes, todos se van, y ya no queda casi nadie. Mis amigos se han ido a la secundaria. Sólo queda Sam y Kata, y Keilap y Will. En San Francis estaré mejor, dice mi mamá, porque habrá más equipos para hacer deportes. Además, mi hermana tendrá más amigas. Lo hacen en realidad por mi hermana, que es buena para hacer amigas, y para que ya no sufra de bullying, porque Víctor no ha dejado de molestarme. En realidad, sin Maya ya me da lo mismo estar o no estar. Tengo que hacerme a la idea de que ya no volveré a San Marys, como mi hermana, que toma una decisión y nunca tiene miedo. Es mejor que yo, que a veces me la paso dándole vueltas y vueltas a lo mismo, sin atreverme a decidir nada.

JULIO

DÍA 5

Villa Hidalgo, México

No
había podido escribir porque con este calor no me dan ganas de nada. Este pueblo es un infierno. Hay mucho polvo en las calles, y basura. Mi mamá se desespera. Dice que se quiere regresar a Dunedin. Eso lo dice cuando el sol está más fuerte y no hay forma de sacarlo de la habitación. Hemos comprado tres ventiladores. Ninguno es suficiente. Mis abuelitos están aquí. Nos miran como si estuvieran esperando lo peor. En las tardes, cuando ya no hay sol, el aire es más fresco y todo se compone. Es entonces que podemos salir a comprar raspados o andar en bicicleta en El Cuadro o comprar paletas en la paletería de enfrente. La casa de mis abuelos es grandísima.

Tiene un corral con árboles de ciruelas, guayabas, limones, nances. Tiene también corredores y muchos cuartos. Mi abuelo renta locales comerciales. Renta a un negocio de Telcel, una farmacia Similares, una tienda de abarrotes y una de fotografía, y vive de sus rentas. Mañana nos llevarán a la escuela. Mi hermana y yo iremos a la primaria Venustiano Carranza. A esa escuela fue mi abuelito cuando era niño. Me queda a cuadra y media de la casa. Estoy nervioso. Cambiar de escuela y de país y de ciudad e incluso de habitación y de cama me pone nervioso, pero poco a poco tendré que adaptarme. A Kiki, en cambio, parece que eso es lo que la hace más feliz: cambiar, viajar, irse.

AGOSTO

DÍA 8

Primer día de clases. A mi maestro le llaman el
Profe Aguate. Es chistoso, pero regaña fuerte,
e incluso jala de las orejas. El salón está sucio,
como las bancas y el librero de fierro que está
detrás del escritorio del maestro. No es un escritorio sino una mesa, en realidad. No entra el
aire por las ventanas. Están muy altas. Es un calor terrible y no tenemos más que un ventilador,
que no ajusta para nada. He conocido a un buen
amigo. Se llama Humberto. Su papá entrena a
un equipo de futbol para niños y me ha invitado a que juegue con ellos. Le voy a decir a mi
mamá que me inscriba. Después de la hora del
recreo, donde me comí una quesadilla, el maestro Aguate me preguntó que de dónde venía. Le

dije que de Nueva Zelanda. Y dijo: a mí me gusta mucho Europa. El profe Aguate no sabe que Nueva Zelanda no está en Europa sino en Oceanía. ¿Y tú papá qué hace? Es escritor, le dije. ¿De verdad? Sí. No me creía. Casi nadie me cree que mi papá es escritor. Piensan que ser escritor es ser un loco. Mi papá está un poco loco, es cierto, pero no tanto. Ahora está en Texas, haciendo un postdoctorado. Vendrá pronto a vernos. Extraño que no esté aquí con nosotros porque con él nos portamos mejor yo y mi hermana y casi no peleamos. Cuando no está él peleamos mucho y yo hasta le he pegado a mi hermana. Me arrepiento siempre de hacerlo, pero en el momento de mucho coraje no lo puedo evitar, y le pego. Esta escuela es diferente a mi escuela de Nueva Zelanda. El profe Aguate nos dijo: tiren la basura tiren la basura, para que vea lo que se siente el profesor del turno vespertino. Todos tiraron la basura, menos yo. No pude. Pensé que era malo hacerlo y no lo hice. ¿Por qué nos pidió el profesor que hiciéramos eso, mamá?, le pregunté a mi mamá en la noche. Mi mamá hizo una mueca y me dijo que era un ejemplo muy malo el que nos estaba dando el maestro, que no dijera nada pero que no le hiciera caso. Tú nada más tienes que mirar y callar. Y es eso lo que estoy haciendo.

DÍA 10

Estamos sentados en la banca sin movernos. Si te mueves, el maestro te jala de los diablitos. A Chipi, el compañero que se sienta delante de mí, casi le arranca los cabellos. Le dijo que a la escuela se venía a estarse callado y a escuchar al maestro. En Nueva Zelanda es diferente. Allá los maestros te dejan hablar, podemos movernos de un lado a otro y siempre estamos trabajando. Aquí tenemos que estar sentados sin movernos en la banca, con miedo a cometer el mínimo error porque el maestro nos puede tirar el borrador en la cabeza. Hoy me junté en el recreo con Humberto y me hice más amigos: Chipi, Quique y Alan. Quique tiene un párpado caído y tiene que levantar la cabeza para mirar bien. Alan es un gordito que apenas puede correr y siempre se está sacando el calzón de la cola. Es el protegido de Quique. Cuidado con que alguien le diga Panza de Gusarapo porque Quique le da sus patadas. A mí me empezaron a decir Cabeza de Huevo, y no me gusta. Estuve hoy a punto de llorar, con las lágrimas casi saliéndome de los ojos, pero me aguanté. No quería que me dijeran gallina, como le dicen a Jorge. Jorge es el hijo de la señora que vende fruta aquí a la vuelta. No se junta con nadie. Sólo camina pegado a las bardas, con su sándwich de salchicha y su Coca-Cola. Le dicen gallina. Y él ya nada más agacha la cabeza y se da la media vuelta. Tuve ganas de acercarme a platicar con él, pero pensé que si lo hacía me dirían gallina también a mí, y mejor no. Humberto me dijo que su papá le iba a poner pasto a la cancha de futbol, que sería profesional, y que después nos llevaría a conocer a los jugadores de las Chivas. No le creo.

DÍA 13

¡Mi papá ha vuelto a casa! Pero creo que sólo por unas semanas. Aproveché para decirle que si podía abrirme una cuenta de correo para escribirle a mis amigos de Nueva Zelanda. Me dijo que sí. En realidad, no me importa escribirle a mis amigos de Nueva Zelanda, porque ya no sé si los voy a volver a ver, sino a Maya, que antes de venirme me dio su correo electrónico.

DÍA 16

Hoy no vinieron ni Humberto ni Quique a la escuela. Están enfermos. Les salieron unas ronchas en las piernas. Dicen que son contagiosas. Tienen que tomar antibiótico y estar todo el día acostados en la cama, sin ver la tele. Sólo mirando hacia el techo, como si estuvieran contando borreguitos. Tengo miedo de que me hayan pegado las ronchas. Ahora no se ve nada porque dicen que tardan cinco días en aparecer, después de que se las pegan a uno. Estoy seguro que me saldrán. De pronto siento comezón en todo el cuerpo. Es tu cabeza, seguro me dirá mi papá cuando le diga. Ya lo sé que sí. Pero ¿y si me salen? Ayer en la mañana, al levantarme, me dolía la nuca, del puro miedo. Me revisé todo el cuerpo, para ver si no había indicios de esas malditas ronchas. Me vi unos puntitos, pero cuando se los enseñé a mi mamá me dijo que eran pequeñas espinillas o piquetes de mosco, que todo mundo teníamos. Mira, dijo señalándome uno que tenía ella en el brazo. Eso me tranquilizó, aunque en el fondo de mí seguía con miedo y hasta creyendo que mi mamá nada más me había dicho eso para tranquilizarme. Salí de la habitación y tomé el aire fresco, vi el cielo, escuché el canto de los pájaros, y luego le pregunté a mi mamá que si uno se moría con esas ronchas. Nada de eso, cómo crees, se quitan con unas pastillas y ya, dijo mi mamá mientras nos hacía el chocomilk a mi hermana y a mí. Luego luego, al escucharla, sentí que el corazón se me calmaba más y más, hasta que nos despedimos de un beso y me fui a la escuela. Al llegar a mi salón el maestro Aguate me saludó con un fuerte abrazo. ¿Cómo está mi pequeño escritor?, dijo. El maestro Aguate admira a mi papá. Hoy les dijo a todos mis compañeros que mi papá era un gran escritor, conocido internacionalmente en todo México, con muchos libros publicados a muchas lenguas, y eso. Es bien exagerado el profe Aguate. Mis compañeros no lo veían a él mientras hablaba sino a mí. Yo creo que ni saben lo que es ser un escritor. Yo tampoco lo sé muy bien. Mi papá se la pasa escribiendo en la casa todo el día y toda la noche, eso es todo lo que sé. Seguramente eso es ser un escritor. Hoy un niño me tumbó los tacos de carne asada que había comprado en el recreo y me quedé sin desayunar. Quise pedirle fiado a la señora Telma, la de la tiendita, pero me dio pena. Los penosos se mueren de hambre, Bruno, me dijo mi papá cuando comíamos. Y dio un manazo en la mesa.

DÍA 19

Humberto se cree *muy muy* para pelear. Dice que ha tomado clases de box. A todos los quiere mandar. A mí también. Mi papá lo conoció el otro día que fue por mí a la escuela. Me dijo: no puedo creer que le tengas miedo a ese cuerpo de fideo. Le dije que no le tenía miedo. Que más bien le tenía miedo a la maestra, que me fuera a echar de la escuela. Por eso no le daba sus trompadas. Pues dale sus trompadas y yo me encargo de hablar con la maestra si dice algo, dijo mi papá. La verdad sí le tengo miedo a Humberto. Tiene cuerpo de fideo, es cierto, pero le tengo miedo. Como que siento que me dará una guantada en la cara y me sacará todo el mole de la nariz, y me tendrán que llevar al hospital y antes de llegar al hospital me moriré en la ambulancia. Y adiós mundo cruel, para siempre. ¿O le tienes miedo?, insistió mi papá. No, le dije. La próxima vez le voy a quebrar una silla en la cabeza, ya verás. Eso, eso, dijo mi papá, muy contento. Se lo dije nada más porque sé que eso le pone muy contento. El otro día le dije que Quique me había empujado y que yo le devolví la empujada tan fuerte que lo tumbé hasta el suelo. A mi papá se le abrían los ojotes de contento. Escuché que le dijo a mi mamá: qué bueno que Bruno está ya perdiendo el miedo. Y que se defiende. Si supieran.

DÍA 20

Mi mamá está leyendo un libro titulado *El don de la sensibilidad. Las personas altamente sensibles*. O algo así. Lo lee en las noches, cuando ya estamos todos acostados en la cama y mi papá ha salido a escribir al escritorio de afuera del cuarto. El otro día que me levanté a hacer pipí le dije que para qué leía ese libro y me dijo que para entenderme mejor. No entendí a qué se refirió exactamente con eso, pero seguro lo hace porque le preocupa mucho que yo tenga muchas preocupaciones todo el tiempo, y a lo mejor ese libro le indica cómo ayudarme con ellas. Tal vez sea eso o tal vez sea que a mi mamá le guste leer ese tipo de libros, porque casi todos los que lee tienen que ver con asuntos de la mente. El último que leyó era sobre la inteligencia emocional, un libro verde, grueso, que tardó como un año en leer. Siempre hablaba de lo que leía con mi papá, en las noches. Nunca escuché qué se dijeron porque lo hablaban en silencio, pero creo que se referían a cosas que mi papá sufrió de niño, parecidas a mis preocupaciones. Cuando regresé del baño, mi mamá me detuvo y me dio un beso en la frente. Luego me dijo: que Dios te bendiga, mi niño. Me metí otra vez entre las sábanas y en menos de lo que canta un gallo me quedé dormido.

DÍA 20

Enrique se rompió la muñeca haciendo box. No estoy tan contento, pero qué bueno que se la rompió. Para que se le quite lo llevado. Tal vez Dios me hizo un poco de justicia y desde arriba le mandó el castigo. Dice que no sabe cómo estuvo pero que se tropezó, se fue hacia atrás, metió las manos como así y se rompió la muñeca. Lloraba de dolor. Mientras lo contaba, yo decía en mis adentros: qué bueno qué bueno qué bueno.

DÍA 24

Pintamos las rejas de la escuela, para hacer libreros. Cada uno de mis compañeros llevó tres rejas, de esas que se usan para cargar la naranja. Como no hay libreros, utilizamos las rejas de naranja como libreros, una encima de la otra. El profe Aguate nos pidió que lleváramos pintura del color que más nos gustara. Yo llevé blanca y azul. Todo el día nos la pasamos pintando las rejas. Se hizo un tiradero de pintura en el suelo. El profe Aguate dijo que los que mancháramos el suelo lo tendríamos que limpiar. Nos dio un bote con tíner y una escobetilla. Las rejas quedaron horribles. Pero peor es nada, dijo el profe Aguate. En mi escuela de Nueva Zelanda seguro habríamos comprado libreros de verdad, pero aquí nunca hay dinero para nada. Todos los días el profe Aguate se queja de que le pagan bien poquito y no le alcanza para mantener a sus hijos. También se queja de que los padres de familia no cooperan en nada. También se queja de que el director de la escuela es desorganizado y no colabora en nada para mejorar la escuela. También se queja de que no lleguen nunca los libros de texto a tiempo. También se queja de que no haya gises suficientes para el pizarrón. También se queja de que la intendente no limpia bien el salón. También se queja de que el maestro de la tarde deje lleno de basura el piso. Al profe Aguate le huele siempre la boca a cerveza. La mamá de Alan le dijo a mi mamá que era alcohólico y que ya habían pedido que lo corrieran, pero que a esos "maestros borrachos" el Sindicato nunca les hace nada. El profe Aguate se queja de que el Sindicato no sirve para nada. El otro día, así sin decirme agua va, me preguntó: ¿tú eres de aquí o de allá, Bruno? Ya me hice bolas, dijo. Soy mexicano, maestro le contesté. Le expliqué que cuando tenía dos años a mi papá le salió ese trabajo como profesor universitario en Nueva Zelanda y que por eso nos fuimos, pero que mis abuelitos eran de Villa Hidalgo, y que por eso también estábamos viviendo aquí por un tiempo, luego del cual volveríamos a Nueva Zelanda. Ah, dijo el profe Aguate, ya entendí: entonces no eres ni de aquí ni de allá, ¿no?

DÍA 26

El maestro de física siempre me habla en inglés, dizque. *My friend*, me dice. *Hello, my friend*. Me cae un poco pesado. Dice que lee mucho. Que agarra los libros y silbando los lee, en un abrir y cerrar de ojos. Que lee como cincuenta libros en un solo día. Nomás se sienta y silbando los devora. Me cae pesado que siempre me diga *my friend*, porque lo hace como si se estuviera burlando. Como estuvo de mojado en Estados Unidos, se cree que sabe inglés. Pero nada más sabe decir *my friend, come back tomorrow*, y eso es todo. Yo le contesto con amabilidad, pero la verdad es que a veces no me dan ganas ni de voltearlo a ver.

DÍA 27

Le escribí a Maya, por fin. Esperé muchos días para ver si me escribía ella primero, pero no lo hizo. Luego pensé: cómo va a escribirme si no tiene mi correo electrónico. ¡qué tonto! No lo había pensado antes, ni se me había ocurrido. Entonces le escribí. Le conté un poco lo que me ha pasado en estas últimas semanas, sobre todo las cosas buenas y malas de estar acá. Las cosas buenas es que estoy con mis abuelitos, cerca de mis tíos y primos, y puedo salir a la calle a jugar con los amigos, siempre hay gente en la calle y no es como en Nueva

Zelanda, que todos están como escondidos en sus casas, sin salir para nada. Las calles allá están siempre vacías y no se escucha ningún ruido, tal vez por eso están siempre limpias y ordenadas, porque nadie las camina. Acá, en cambio, hay basura por todos lados y polvo, y todos los negocios ponen música para anunciar sus productos y hay ruido siempre por todos lados. La escuela también es diferente. Aquí el maestro no prepara la clase y siempre nos deja una tarea que nada tiene que ver con la materia que estamos viendo, cuando vemos alguna materia, porque la verdad es que el mayor tiempo del día se la pasa regañándonos y poniendo orden. El otro día a Quique le dio un sermón como de dos horas, y todo porque a Quique se le ocurrió reírse del nuevo corte de pelo que traía el profe Aguate. La verdad es que parecía tejón rasurado, con los pelos parados que le salían de las orejas, pero tampoco era para tanto. El profe Aguate aprovechó para enseñarle la importancia que era el respeto a los mayores y más a sus profesores, que son como nuestros padres. Al final de la carta, le dije a Maya que la extrañaba y que estaba contando los días ya para volver a verla.

DÍA 28

En la tarde fui con mis primos Luis y Eloy a rentar un video. Queríamos una película de terror. Mi primo Eloy escogió la película. En la carátula se veía como un monstruo con tres cabezas, negro y los ojos rojos. Sacando fuego por la boca. Éste mero, dijo. Fuimos a la caja y lo intentamos sacar, pero mi primo Eloy olvidó que no traía la credencial. Le preguntó a la señora que si podía rentárnoslo así. La señora le dijo que alguno de nosotros tenía que firmar. Eloy y Luis dijeron que yo. La señora rellenó una hojita con mi nombre y domicilio, el nombre de la película y la fecha. Puse mi nombre y una firma. ¿Y esos garabatos?, me preguntó la señora. Es mi firma, le dije. La señora levantó nomás las cejas. La verdad es que era la primera vez que inventé mi firma. Aunque en realidad sí parecía un garabato, a mí me gustó.

SEPTIEMBRE

DÍA 2

Me pusieron un nuevo apodo: El Traumas, que porque todo me asusta. Aunque me dolió hasta el pecho cuando me lo dijeron, me pareció mejor que Cabeza de Huevo. Es cierto que todos mis compañeros tienen un apodo, pero a mí no me gusta. A Quique le dicen Ojo de Canica. A Humberto Cara de Ostión Requemado. A Luis, Chipi. A Jorge, Mastodonte. A Melissa, la Niña Sicaria. Pero a mí no me gusta que me pongan sobrenombres. En otra escuela que estuve, allá en Tecomán, una niña me decía El Ternuritas. Dice mi papá que seguramente era porque me quería. Odio que me haga esas bromas mi papá. Lloro de coraje. El otro día le dije que la Niña Sicaria me había pegado en la cara con una libreta, fuerte.

Así, con la libreta en la cara. Dos veces. Y casi me pica un ojo con la pluma, también. Y mi papá me dijo que eso era una demostración de amor. Me dio rabia escuchar eso. Le dije que no era cierto. Y él: que sí era cierto. Y entonces mejor me metí al baño. Me encerré con llave y me puse a llorar de coraje. Mi papá a veces no sabe nada de nada. ¿De verdad creerá que la Niña Sicaria me quiere?

DÍA 4

Quisiera ser como mi hermana. No le tiene miedo a nadie. Ella misma dice que es una *perra brava*. El otro día una niña más grande que ella le dijo que se bajara de un columpio y la agarró fuerte de las manos para bajarla. A Kiki se le encendieron los ojos como de diabla, se soltó de las manos y empezó a darle de patadas a la niña en las espinillas. Como si se le hubiera metido un demonio dentro. La maestra la vio y vino corriendo y le dijo que ya se calmara, y mi hermana le dijo que sí pero que primero calmara a la niña más grande que ella porque quería quitarle el columpio. La niña más grande pelaba los ojos nomás. Nunca se imaginó que Kiki fuera una verdadera luchadora de lucha libre. Yo quisiera ser como ella para poner en su lugar a Humberto, que cada día está más pesado. Y también a Quique y a Alan, quien es el protegido de Quique. Darles unas patadas como las que le dio Kiki a la niña más grande que ella, eso quisiera. De una vez por todas. Ya no quiero que me pongan apodos. Ahora me dicen Cabeza de Martillo.

Es domingo, día que nos toca ir con mi tía Nono. A pesar de mi resistencia, tuve que ir. Se reúnen los primos y tíos de mi mamá. Cuentan chistes, comen carne asada, toman cerveza Pacífico. La cerveza Pacífico de a cuartito le gusta mucho a mi papá. Mis primos y yo, mientras tanto, vemos la tele o jugamos Xbox. Como hoy no vino mi primo Luis, Eloy aprovechó para decirme que Luis había perdido la película. ¿Cuál? La de terror que rentamos. ¿Y?, pregunté. Pues vas a tener que pagarla, me dijo. Casi se me sale la sangre por la boca. Pensé que me meterían a la cárcel. ¿Ya la buscaste?, le pregunté. Sí, me dijo, pero no la encontramos por ningún lado. Tendrás que pagarla, me dijo. Pero si yo no la perdí, le contesté, y me temblaban las manos. Pero tú firmaste, me dijo, ¿no te acuerdas? Entonces a ti te la van a cobrar. Me empezaron a temblar las piernas. Seguramente la policía vendría por mí en cualquier momento, cuando estuviera en la casa. Mi papá me mataría. Mi mamá se llevaría las manos a la cara y se jalaría los cabellos, de coraje e impotencia. Me temblaba ya todo el cuerpo. Me puse a buscar la película detrás de los muebles del televisor, la cómoda, los sillones de la sala, y nada. Es inútil, me dijo mi primo Eloy, ya buscamos en todos lados y nada. En la tarde que regresamos a casa estuve muy serio. No podía ni hablar, siquiera. ¿Qué tienes?, me preguntó mi papá. Nada, nomás me duele la panza. Tómate un vasito de leche caliente, dijo, y se fue a leer a su habitación. Se hizo noche pronto. Cuando ya todos habían apagado la luz, yo no podía siquiera cerrar los ojos. Veía el techo, oscuro como la noche, y pensaba que en cualquier momento vendrían los policías por mí y me llevarían a la cárcel, aparte de cobrarme una multa de tres mil pesos por haber perdido la película.

¡Maya ha respondido mi mensaje! No podía creerlo. Me cuenta que le va muy bien en la nueva escuela, que es muy grande, y que su papá tiene un nuevo empleo. Me entristeció la noticia porque dice que es probable que se vayan a vivir a Queenstown, aunque nada es seguro. Su mamá dice que sólo se iría, en todo caso, su papá, pero que ellos se quedarían en Dunedin para no perder su trabajo y además porque casi acaban de cambiarse de escuela. El otro día acompañó a su papá a revisar nuestra casa, tal como se lo pidieron mis papás, y al entrar a mi habitación se acordó del día que le canté con la guitarra. Dice que mi cuarto está igual como lo dejé, con mi cachucha de los *All blacks* colgando de la cabecera de mi cama, mi guitarra y, sobre mi escritorio, las medallas que me he ganado en las competencias de natación. Yo le contesté rápidamente contándole que son las fiestas del pueblo y que fui a la feria con David, el hermano de Brianda. Brianda es compañera de Kiki. Viven cerca de la casa. Bueno, en este pueblo todos viven cerca de la casa. Es un pueblo pequeño, polvoriento, donde todos se conocen, le dije. La gente se llama por apodos. Por ejemplo: ve a casa de Ramiro El Huarachero. O: Trae de la tienda de El Tuerto dos kilos de azúcar. O: mataron al Comecebollas. Si dices el nombre, nadie sabe quién es. Si dices el apodo, entonces rápidamente lo reconocen. La feria se puso a dos calles de donde vivimos, por la avenida que va a la iglesia, a un costado del mercado. Venden de todo y en la parte de atrás, junto a la iglesia, un poco más allá del triangulito, están los juegos. Casi no me gusta subirme, pero como a David sí, tuve que subirme a uno. Daba vueltas como un trompo. Me bajé bien mareado. David me preguntó que si no quería comer algo, porque comiendo se quitaba el mareo. Me metí la mano al bolsillo del pantalón y busqué el billete de veinte pesos que me había dado mi mamá para gastar. No estaba el billete, pero encontré una moneda de diez pesos. Le dije que sí. Fuimos a un puesto de hot dogs. Costaban tres por veinticinco pesos. David me dijo que él ponía quince y yo diez. Juega, le dije. Compramos tres hot dogs. Nos sentamos en la banqueta. Cuando puse mi hot dog a un lado mío para abrocharme la agujeta, ¿qué crees, Maya?, se ladeó un poco y se me cayó al suelo. Sentí que me moría. Mi hot dog en el suelo, lleno de tierra, y ya no tenía dinero para comprarme otro. Sentí que David me veía, pero yo no quería levantar la cabeza. Hacía como que reía, como si hubiera sido una broma, como si ver el hot dog lleno de tierra, en el suelo, me produjera una gran risa, pero en realidad estaba llorando, no podía parar de llorar, estaba triste, me sentía morir. David pensó que las lágrimas eran de la risa que me había dado. No te preocupes, me dijo. Nos comemos un hot dog cada uno. Fue con el hotdoguero y le pidió de una vez el otro hot dog. Sentados en la banqueta, los devoramos. La feria estaba llena de luces y había mucho ruido y cuetes y danzantes por todos lados, pero yo no podía detener toda la tristeza que sentía. Como si estuviera más bien en un velorio.

No me gusta la filosofía de mi papá. Dice que si quiero divertirme debo antes trabajar. Por eso tengo algunas obligaciones en la casa, como tender la cama todos los días antes de ir a la escuela, barrer la habitación lunes y miércoles, barrer el corral los viernes, y lavar los trastes después del desayuno los fines de semana. Además debo leer en las noches y escribir en mi blog. Escribir las historias que me pasan durante el día o como quisiera que me hubieran pasado. O las que imagine. Sólo entonces puedo salir a la calle con mis amigos o jugar en las maquinitas. Mi papá dice que todo trabajo merece una recompensa, y que la vida es así, y que nunca cambiará. Si trabajas tienes un pago. Si no trabajas, no. Quieres divertirte, trabaja primero. No me gusta nada que la vida sea así, como dice mi papá. ¿De veras no puede ser diferente? ¿De veras no puedo vivir jugando nada más a las maquinitas y saliendo a la calle con mis amigos? Hoy me toca barrer el corral. Mejor voy a dejar de pensar tonterías y poner manos a la obra, antes que anochezca.

DÍA 18

Me gusta mucho Maya, aunque tarde en contestarme mis mensajes.

DÍA 20

Terminé de comer y fui a buscar a Alan, pero no estaba. La

calle donde vive estaba vacía, como si se hubiera cometido un crimen. Le pregunté a su mamá y me dijo que estaba enfermo. La mamá de Alan trabaja en una lavandería. Es hermana de mi tío Chicho, el esposo de mi tía Aracely, la prima de mi mamá. Alan se parece a mi tío Chicho. Tiene los mismos pelos de puerco espín. Le dije a la mamá de Alan que vendría luego y aproveché para ir al Videoclub. Un viento fuerte arremolinaba el polvo de la avenida. Hacía calor. Llegué al Videoclub y me encontré a una muchacha que se parecía a la señora que antes nos había rentado la película. Tal vez era su hija. Dije buenas tardes. La muchacha me regresó el saludo sin voltearme a ver. Qué bueno. Tal vez tendría una foto mía para identificarme en cuanto me viera y poderme llevar a la policía. Me puse a ver las películas, desde la hilera de la izquierda hasta la otra esquina. Casi al llegar al extremo me encontré la película que habíamos rentado. ¿Cómo llegaría hasta ahí? Sería otra, pensé. Tenía nervios de preguntarle a la muchacha si era la única copia que tenían o había otra más, la que habíamos perdido seguramente. ¿Y si me ve y llama a la policía? No tuve más remedio. Tenía que hacerlo para estar seguro. Me acerqué al mostrador, a paso lento. Buenas tardes, dije, y la voz no me salió. La tenía atrancada en la garganta. Buenas tardes, repetí. La muchacha levantó la cabeza y me miró a los ojos. Buenas tardes, mijo, dijo. Le dije que cuánto costaba la renta de aquella película que estaba allá, y se la señalé con el dedo. ¿Esa del monstruo con tres cabezas?, preguntó. Sí. Lo mismo que todas: veinte pesos. Ah, dije. Oiga, ¿y tiene nomás esa copia o tiene otra copia más? Es la única copia que tenemos, mijo. Ah, contesté. Sentí un alivio en todo el pecho, como si me hubieran puesto *vaporrú*. Si era la única copia que tenían entonces era la copia que nosotros habíamos rentado y alguien ya la había devuelto. No sabía quién la había devuelto, y ya no importaba, pero la película ya había regresado a su sitio. Quise tomarle una foto o un video para que quedara como prueba de que la película ya había sido entregada, pero no traía nada para hacerlo. Salí del Videoclub y la avenida polvorienta y calurosa me parecía la más bella del mundo en ese instante. Me salvé de que me metieran a la cárcel, dije, y empecé a correr, a correr y a correr, hasta que se me desgastó la suela de los zapatos.

DÍA 21

Lo de la película terminó por convencerme de lo que me dijo mi papá: no hagas cosas malas porque las cosas malas nos hacen sentir mal, nos ponen nerviosos, nos inquietan. En fin, nos quitan el sueño. Si haces cosas buenas, entonces te vas a sentir bien, con el corazón tranquilo y la cabeza en calma. Eso es lo que se conoce, dijo, como temor de Dios. Yo no lo entendí muy bien al principio, pero después de que me lo explicó lo entendí perfectamente: tener temor de Dios es alejarse del mal camino, ser bueno con los demás, ayudar a los otros cuando se pueda, no mentir, no ofender a nadie, ser justos. Con eso tendrás de tu lado siempre a Dios, ya lo verás. Y no tendrás nunca miedo a nada. Nunca se me han olvidado esas palabras de mi papá, y la verdad es que casi siempre procuro aplicarlas al pie de la letra, sólo que a veces no me doy cuenta y vuelvo a caer en las garras, como dice él, del mal. Hoy estoy tranquilo. Me dio mucho gusto saber que la película volvió a su destino y ningún policía tuvo que llevarme a ninguna cárcel ni nada. Estoy salvado.

DÍA 23

Hoy salimos todos al recreo juntos. Normalmente salen primero los tres primeros años (primero, segundo y tercero) y luego los otros tres (cuarto, quinto y sexto), pero hoy quién sabe por qué salimos todos juntos. Por eso me tocó escuchar lo que le dijo Alejandra a Kiki, sin que ella se diera cuenta. Kiki estaba en la fila de los tacos y yo en la de las tostadas. No me alcanzaba a ver porque había un pilar de por medio. Sólo yo podía verla cuando me inclinaba un poco. No la podía ver bien pero sí la podía escuchar. Por eso oí bien lo que le dijo Alejandra a Kiki. Alejandra llegó y le dijo: "cuñadita, ¿me compras tres tacos?" Kiki le dijo que sí y Alejandra le entregó dos monedas. Yo metí la cabeza rápidamente detrás del pilar otra vez. ¿Eso quiere decir que Alejandra me quiere? Por eso Kiki y mis papás se estaban secreteando el otro día que nos encontramos a Alejandra afuera del circo, pero no me dijeron nada porque saben que a mí no me gustan esas bromas.

DÍA 26

Educación física
Hoy me raspé un costado de la panza. Me caí a la hora de educación física. Todos mis compañeros se rieron. Tenía ganas de llorar. Las lágrimas casi me saltaban de los ojos. El

maestro dijo que no era nada. Una raspadita nomás. Los machos no lloran, dijo. Me salió sangre y me manché la camisa. Me ardía la herida. Le dije al maestro que si me dejaba ir a casa para ponerme agua oxigenada. El maestro se rio nomás. ¿Agua oxigenada?, dijo, mirando a mis compañeros. ¿Cómo ven a este mariquita?, preguntó a todos, haciendo burla. ¿Cómo ven? Y eso que es mi maestro de educación física, el que dizque habla inglés. Me dieron ganas de que se muriera. Me dieron ganas de que un camión de carga le pasara por encima y se muriera. Regresa a la fila, me ordenó. Y regresé, todavía con las lágrimas zambullidas en los ojos.

Jardín de la casa

Kiki me dijo Cabeza de Huevo. Le dije que no me dijera así y siguió: Cabeza de Huevo Cabeza de Huevo Cabeza de Huevo. Se puso como una diabla. Yo creo que de grande será una asesina en serie. O una sicaria.

Tarde

Mi mamá no me dejó salir a la feria con mi amigo Kevin, que conocí en el desfile de los maestros, hace unos días. Me dijo que era un niño mucho más grande que yo y no le tenía confianza. No vaya a hacer que te lleve por malos pasos, dijo. A mí Kevin me pareció un buen niño. Es cierto que es cuatro años más grande que yo, pero la edad no tiene nada que ver. Con los niños de mi edad me aburro. Sólo les gusta jugar a las maquinitas. A mí también me gusta jugar a las maquinitas, la mera verdad, pero no tanto. O tal vez sí: mucho. Mi papá dice que me la paso toda la tarde con la cabeza metida en las maquinitas. Y, esta vez, creo que tiene razón. También creo que tuvo razón mi mamá en no dejarme salir con Kevin. Sí parece ser un niño con malas mañas. No les quise decir a mis papás, pero Kevin fuma. El otro día me invitó a fumar un cigarro. Le dije que no. Me dijo: ándale, vale, no seas gallina. Le inventé que tenía que irme a comer y me fui. Se me quedó mirando nada más, con el cigarro apretado en la boca, mientras me veía alejarme por la calle empedrada. No me importó. En Nueva Zelanda, la maestra nos habló de los riesgos de fumar, y hasta nos enseñó el pulmón de un hombre que fumó mucho en su vida. Era un pulmón negro, negro de tanto humo. No me he podido quitar nunca esa imagen de la cabeza: la del pulmón negro lleno de humo. Por eso cada que veo un cigarro me acuerdo de ese pulmón y mejor me volteo para otro lado. Si le hubiera contado a mi papá lo de Kevin, me habría dicho: ¿y no le dijiste lo malo que es el cigarro?, ¿no le explicaste los daños que ocasiona? Mi papá no sabe que mis amigos no entienden nada, y que entre más les digas que no hagan algo, más adrede lo hacen, como para hacerte enojar. Por eso mejor me quedo callado.

DÍA 28

Estuve ensayando en la guitarra la canción que cantaremos para los domingos familiares. Es una canción de Joan Sebastian: "Tatuajes". Mi maestro de guitarra la escogió. Me pongo a ensayarla y mientras canto "se me hizo vicio ver tus ojos/respirar tu aliento" me acuerdo de Maya. No me la puedo quitar de la cabeza. Va a donde yo voy. Viene de donde yo vengo. A veces la veo hasta en el agua de la pileta. Su rostro reflejado ahí al fondo del agua, sonriéndome. Entre más trato de olvidarme de ella más la recuerdo. ¿Dónde estará?, me pregunto. A veces imagino que llega a sus clases de piano, los sábados, y se queda sentada en la bardita al lado de donde yo tomo las clases de guitarra, viendo hacia mi dirección, desde afuera. Siento su mirada en mi espalda. ¿A ella le pasará lo mismo? No me atrevo a decirle a nadie que me gusta porque seguro se burlarán. Ni menos enseñarles la foto que me envió en su último mensaje porque se reirán de mí. Aquí en México todos se burlan de los demás. Y lo que yo siento por Maya es en serio. Es de verdad. Quisiera olvidarme de ella un día, aunque no sé si podré.

DÍA 30

Mi papá me invitó a Colima. Tenía que ir por cuestiones de trabajo. No podía decidirme. Me explicó que le serviría de compañía. Me dijo que llegaríamos a Guadalajara al mercado San Juan de Dios a comprar unos juegos para mi PSP, y luego también me compraría unos tenis. No podía decidirme. Le dije que sí quería pero que no quería. Siempre me ha costado trabajo decidirme a cualquier cosa. Prefiero mejor que me digan te vas a poner tal camisa, te vas a comprar tales tenis, vas a jugar tal juego, tendrás que llegar a tales horas, porque si lo dejan a mi decisión no puedo resolverlo. Es tan complicado para mí tomar una decisión que a veces prefiero quedarme sin hacer nada. Mi psicólogo me dijo que es parte también de mi trastorno de ansiedad y que no debo preocuparme, que debo practicar tomar la decisión de lo que primero sienta.

Que, por ejemplo, si voy a una paletería porque tengo ganas de comprar una paleta de fresa pero que si luego al ver
las otras paletas no me decido por la de fresa sino por la de
limón o la de vainilla, que vuelva a la decisión original y que
compre la de fresa, porque si yo había decidido ir a la paletería era porque quería una paleta de fresa. Eso algunas veces
me funciona y otras no, pero casi siempre lo aplico y quedo
satisfecho. Pero no con la decisión de acompañar o no a mi
papá a Colima. No pude dormir de la desesperación. Sentía
unas ganas grandísimas de llorar. Tú dime lo que tengo que
hacer, papá, le dije. Mi papá me dijo: quédate mejor y acom-
pañas a tu madre y hermana. No me gustó nada su respuesta.

OCTUBRE

Lo primero que le dije a mi papá al levantarme fue: voy a ir contigo a Colima. Sabía que no me arrepentiría. Eso había sido lo primero que quise y eso era lo que iba a hacer. Yo soy más fuerte que mis pensamientos latosos, me dije a mí mismo. Además, no quería ir a la posada de la escuela. Ni mucho menos ir a la escuela. Dos días de descanso es lo que necesitaba. ¿De veras?, me preguntó mi papá, dudándolo. Sí, le dije, con firmeza. Con mi papá me la paso muy bien en los viajes. Me compra todas las cochinadas que le pida: papitas, refrescos, dulces, más papitas y más refrescos. Me levanté de la cama y metí dos pantalones y dos camisas a mi mochila. Mi papá arregló su maleta y puso su saco en un gancho. Iba a ir al informe del gobernador y le tocaría conocer a Joan Sebastian, el cantante que tanto le gusta. Nos despedimos de mi mamá y de mis abuelitos, que vinieron a visitarnos, e iniciamos el viaje. En el Tizate compramos dos coca-colas y una bolsa de papas fritas de las grandes. Nos detuvimos en Tepic a desayunar en un restorán donde vendían barbacoa y en donde un señor amenizaba con una flauta. El señor pasaba tocando con su flauta en cada mesa, esperando que le dieran unas monedas. Mi papá no le dio nada, quién sabe por qué. Siempre les da a los que cantan porque dice que se acuerda de cuando él trabajaba cantando también, pero esta vez no le dio al viejito de la flauta. Bueno, tal vez lo enfadó, porque dijo: desafina, desafina. Y carraspeó. Antes de llegar a la caseta de cobro nos detuvimos en la gasolinera a echar gasolina y a medirle el aire a las llantas. En la tienda de la gasolinera me compré una paleta y un bote de agua. Todo el trayecto me fui jugando en el iPhone de mi papá. Tiene puros juegos que dizque me ayudan a pensar. Yo le sigo la corriente diciéndole que sí, aunque yo no creo que me ayuden a pensar en nada. Llegamos a Colima como a las cuatro de la tarde y lo primero que hicimos fue ir a comernos una torta de El Trébol. Invitamos a mi tío Maccoy. Pero no comió nada, que dizque porque está a dieta. Mi papá le dijo a mi tío Maccoy que dónde podríamos comprar unas buenas maletas. Seguro son las maletas para nuestro regreso a Nueva Zelanda, que ya es pronto. Sentí como que alguien me amarraba una soga en el cuello y me arrastraba por una calle llena de piedras picudas, porque no me gusta cambiar tanto de lugar, me cuesta acostumbrarme a los nuevos lugares a los que llego: mi habitación, mi buró, mi cama, la casa en general, el barrio, las calles, los amigos, todo. Yo prefiero estar en un solo sitio y, de ser posible, meterlo en una maleta y llevármelo a todas partes, así evito tener siempre que empezar de nuevo.

DÍA 2

Hoy es el cumpleaños de mi papá. Como siempre, no quiso celebrarse nada. Fue un día normal. Fuimos a comer lisas tatemadas y ostiones, como cualquier otro día. Mi papá no le da importancia a su cumpleaños, nunca. Es un día normal. No quiere siquiera que le regalen nada. A mí tampoco me gustan los cumpleaños, pero sí me gusta que me den muchos regalos. Mi mamá iba a celebrarlo en el corral de la casa, con una birria, e invitaría a mis tíos y primos, pero mi papá le dijo desde un día antes: ni se te vaya a ocurrir festejarme. Y entonces mi mamá mejor cerró el pico.

En la noche
Ya nos quedan nomás tres días para volver a Nueva Zelanda. No sé cómo me siento. A veces quiero regresar y a veces no. Me gusta vivir en el pueblo. Puedo salir a la calle con mis amigos. Todo está cerca. Me conoce toda la gente. Pero también me gusta Nueva Zelanda. La escuela en Dunedin es mucho mejor que la de aquí, aunque el profe Aguate es una buena persona. No me regaña por no llevar las tareas. Si le digo que no la hice porque tuve que acompañar a mi papá a una presentación de un libro, me perdona todo. Pero también estoy nervioso. Mis papás siempre están diciéndome que tenga cuidado porque los narcotraficantes se están

matando y en una de esas me matan a mí también, si paso por donde se estén matando. Mi mamá ya quiere volver a Dunedin. Se queja mucho de México. Dice que no funciona en este país y que toda la gente está como enojada siempre. Que todo mundo la trata mal, hasta las cajeras de los centros comerciales y los bancos. Kiki está contenta donde sea. Un día dice que quiere volver y otro dice que no. Un día dice que le gusta México y otro día dice que no. Ella es así. Mi papá no quiere volver. A mi papá le gusta mucho el pueblo. Está muy contento. Le gusta ir al mercado todas las mañanas a traer chicharrones, tortillas, queso. No quiere volver a Dunedin porque además tiene que trabajar. Enseña español en la Universidad de Otago y no le gusta dar clases. A él lo único que le gusta es leer y escribir. Yo quisiera poder trabajar para que ya no trabaje mi papá. Con mi dinero podríamos vivir todos en la casa. Los que están tristes son mis abuelos. No lo dicen, pero se les ve la tristeza en el fondo de los ojos.

DÍA 4

Llegamos a la Terminal de Autobuses de Colima. Estaban ya mis abuelitos esperándonos para despedirnos. Parecía que se hubieran hecho viejitos y encorvados de un día para otro. Estaban tristes. Nos abrazaron con mucho cariño, pero estaban tristes. Quedamos de escribirles apenas llegáramos a Dunedin. Cuando el autobús partió de la Terminal me sentí muy triste. Ahora empezaba el camino de regreso, y yo todavía no sabía si realmente estaba preparado para volver a Nueva Zelanda o no. Aunque mi papá hacía como si nada pasara, yo también sabía que estaba triste. Sus ojos miraban por la ventanilla del autobús, todas las cosas que empezábamos a dejar atrás. Tal vez para siempre.

DÍA 6

Mi mamá estaba súper emocionada cuando llegamos al aeropuerto de Auckland. Brincaba de alegría. ¡Cómo extrañaba Nueva Zelanda! Pero cuando nos bajamos del avión en Dunedin y nos subimos al taxi que nos trajo a la casa empezó a llorar. No podía parar de llorar. Mi papá le preguntó que qué le pasaba y ella sólo le dijo: no sé si en realidad lo que quería era quedarme en México. Para acabarla: una gran tormenta, como todas las que hay siempre en Nueva Zelanda, empezó a caer apenas salir a la carretera.

DÍA 7

Mañana

Hoy es nuestro primer día de clases, mío y de Kiki, en la escuela nueva: San Francis. Estoy nervioso, incluso por mi hermana, que no habla bien inglés todavía. Mi papá me ha dicho que la cuide y la ayude, y claro que lo voy a hacer, pero: ¿si no puedo? Llevamos uniformes y mochila y lonchera nueva. Según el estado del tiempo habrá sol: es lo que más deseo, aunque aquí los únicos que abundan son los días nublados y lluviosos.

I

Kiki vino a mi salón a buscarme. Se paró detrás de la ventana, mientras la maestra daba la clase. Le vi sus ojillos rojos, su rostro pálido, como si estuviera huyendo de alguien. Le hice la seña a la maestra de permiso para salir, y salí. Apenas puse un pie fuera del salón, Kiki corrió hacia mí y me abrazó, llorando. Lloraba que no podía parar. Lloraba y yo también quería llorar, nomás de verla llorar. No sabía lo que estaba pasando. Volteé hacia un lado y hacia otro: parecía que todo el mundo había desaparecido. Estábamos en un desierto. En un mundo deshabitado. Kiki lloraba con sus brazos apretándome por la espalda. Qué tienes, mi niña, le dije. Es que la maestra no me deja salir al recreo porque piensa que no traje sombrero y es que mi sombrero se me perdió. Kiki no paraba de llorar mientras hablaba. Dile a la maestra, Bruno, que sí traje sombrero pero que no sé dónde quedó porque yo le explico pero no me entiende. Le pasé una mano por su cabello y luego por su frente y le dije que se calmara. Caminé hacia el salón de Kiki y le dije a la maestra lo que Kiki me había dicho. La maestra se agachó. Se puso de rodillas y le pidió disculpas a Kiki. Estaba muy apenada, no sabía que Kiki no hablaba bien inglés. Se le puso la piel del cuello roja roja a la maestra, como se ponen los kiwis cuando están avergonzados por cualquier cosa. La maestra se metió al salón, buscó entre los sombreros de reserva que tenía en una caja y le entregó uno a Kiki. Ahora puedes salir al recreo, anda. A Kiki le volvió la vida a los ojos. La maestra me dio las gracias y me dijo que pediría que le mandaran de inmediato la asistente para Kiki, que le va a enseñar a hablar mejor inglés. Hablaré con tu mamá a la salida, dijo, me palmeó en el hombro y volvió a su escritorio.

II

Mis papás quieren que estudie tenis con Maya. Yo les he dicho que no, aunque por dentro tengo muchas ganas. ¿Dónde estará Maya? ¿Por qué no han venido a visitarnos?

DÍA 8

Mi papá trae el genio de los mil demonios. No le gusta gastar y ha tenido que comprar una estufa, un televisor, una aspiradora y todavía le falta comprar la elíptica para hacer ejercicio. No le gusta gastar, más que en comida y libros. Si por él fuera, viviría en la calle, sin casa, sin cama, sin refrigerador. Kiki y yo estamos contentos con lo de la tele nueva. Tiene muchos canales y Skype. Es como una computadora, porque hasta se pueden ver películas directamente del YouTube y mi papá incluso puede utilizar su IPhone para seleccionar videos y verlos. Es una telesota, que no cabe casi en la habitación.

Escuela

I

Los niños neozelandeses son más respetuosos que los mexicanos. No ponen apodos y te dejan jugar más en los equipos. En México siempre hay uno que quiere mandar y si no le haces caso te da de golpes. Además, ponen apodos todo el tiempo, y los maestros en lugar de castigarlos: se ríen.

II

Kiki parece estar mejor ya en la escuela. La vi jugando en el recreo con sus amigas. Subiendo las resbaladillas y yendo viniendo en los columpios. Hoy traía las calcetas abajo. Cuando le pregunté, me dijo: me pican, Bruno. Kiki siempre hace lo que quiere. Yo no podría siquiera ir un día sin la camisa o el suéter de la escuela. Ella, en cambio, hace lo que le viene en gana, sin pensarlo. Así quisiera ser yo, aunque sea por un día.

Encerrados en casa

Juan, el papá de Maya, le mandó un mensaje a mi papá preguntándole que si quería ir a jugar futbol. Mi papá le dijo que sí. Me preguntó que si quería ir y le dije que si iría Maya. Me dijo que sí. Le dije entonces que mejor no. Me preguntó que qué tenía de malo que fuera Maya y le dije que era una niña que no sabía nada, además que tenía los dientes amarillos. Mi papá me dijo que eso no tenía nada que ver y que él nunca le había visto los dientes amarillos. Y yo, haciéndome como del rogar, le dije que sí iba, pues. Mi papá me dijo: no, no vayas si no quieres ir. Y yo le dije que sí iba, que estaba bien. Y él me dijo que no, que no fuera si no quería ir. Y yo ya no sabía qué decirle para que no siguiera insistiendo. Entonces le dije cualquier cosa: no quiero dejar de ver el partido nomás por ella. Está bien, dijo mi papá. De la que me salvé.

DÍA 9

Lo primero que hizo Maya al verme fue darme un beso en la mejilla y un gran abrazo, apretado, apretadísimo. Pensé que no volverías nunca, me dijo. Y yo sentí en el estómago como si me estuvieran dando toques con un cable eléctrico.

Estoy leyendo *Corazón. Diario de un niño*, de Edmundo de Amicis. No puedo dejar de leerlo. Me gusta mucho y me conmueve. Pareciera que yo mismo soy Enrique, el personaje, y a mí me pasaran las cosas que le pasan a él. A veces, en la escuela, siento que estoy viviendo las mismas cosas que leo en la novela. Hoy que fui a mi antigua primaria, San Marys, para realizar mi inscripción a la nueva escuela, o para llevar unos documentos, acompañando a mi mamá, me detuve en la barandilla del ventanal que da hacia los salones. Vi mi salón y alcancé a ver a mis compañeros. También vi a mi maestra. Me dio mucha tristeza. Quería llorar. Cómo pude dejar esta escuela, si ya era parte de mí: la cancha, los salones, mi maestra, allá, escribiendo en la pizarra. Cuando mi madre me dijo que teníamos que irnos, la mitad de mi cuerpo no podía moverlo. Me quedó como estático, como si no quisiera irse de la escuela, mejor volver a mi salón, con mis antiguos amigos. ¿Se acordarán de mí? Esto es lo mismo que leí en un pasaje de *Corazón. Diario de un niño*, y es como si yo, en otro mundo y otro tiempo, hubiera vuelto a repetir la historia, y alguien más a escribirla. Adiós, amigos. Adiós, maestra. Nunca los olvidaré.

Bicicleta

Hoy me compraron una bicicleta. La llevaré los jueves a la escuela, día en que uno puede llevar bicicleta para andar a la hora del recreo. Estaba esperándome cuando llegué de la escuela. Mi papá hace todo lo posible para que tenga todo lo necesario. Y un poco más, dice. Mi hermana estaba contenta de verme tan contento, con mi bicicleta nueva. Tuve ganas de montarme en ella y pedalear por todo el mundo, de un solo tirón.

El muelle de San Blas
Siempre que canto esta canción de Maná me acuerdo de México, y de mis amigos de Villa Hidalgo. También de la calle empedrada que caminaba cuando iba a clases de guitarra, aquellos días infernales de calor.

Psicólogo
Hoy fui mi primera visita con el psicólogo, luego de volver de México. Me preguntó que cómo estaba. Le dije que bien. Levantó las cejas como pidiéndome que le contara más. Le dije lo mismo de siempre: que me daban mucho miedo las cosas y que no podía detener a veces las preocupaciones, que todo me preocupaba. Le conté, por ejemplo, que en México fui un día visitar a un amigo para jugar al X-Box y que como él no traía la contraseña, puse la mía. Le dije que estuvimos jugando toda la tarde y que cuando terminamos quité mi contraseña para que no quedara ahí registrada y que incluso grabé con mi teléfono el momento en que borraba mi contraseña, pero que aun así en la noche estuve preocupado de que se hubiera quedado mi contraseña grabada y alguien la tomara e hiciera mal uso de ella. ¿Cómo mal uso?, me preguntó mi psicólogo. Sí, que esa persona que agarró mi contraseña me buscara y me hiciera algo malo. No pude dormir bien esa noche, y no quise decirle a mis papás porque ellos me tienen prohibido que me ande metiendo en otras casas, sobre todo cuando mis amigos están solos, pues pueden ver cosas prohibidas en internet y ellos me dicen que toda esa violencia me

hace daño. Así es, dijo mi psicólogo, y volvió a levantar las cejas como pidiéndome que continuara. Le dije que no se me quitaba el miedo a las enfermedades ni a que me voy a morir, y que incluso tenía ya varios días creyendo que estaba malo de la apéndice y me tenían que operar. Antes de que el psicólogo dijera cualquier cosa, mi mamá, que estaba a un lado mío, como siempre, se adelantó y le dijo que ya me había checado un médico primo suyo y que había determinado que era la pura imaginación mía. Tal vez sea así, pensé, pero yo todavía siento que me duele ahí en la región donde dicen que está la apéndice. Y, en ocasiones, también pienso que me sale de nuevo la bolita de la muñeca, que de hecho está escondida debajo de mi piel para salir en cualquier momento. ¿Has hecho los ejercicios de respiración que te indiqué?, me preguntó. Le dije que los hacía pero que en ocasiones no lograba concentrarme del todo, pues creía que incluso me quedaría pensando todo el día en la respiración, sin poder pensar en otra cosa. Lo que sí hago y me resulta, le dije, es rezar y hacer cosas buenas para los demás, acciones buenas para los otros que me hacen sentir bien a mí y que me traen tranquilidad, como si hacerle el bien a los demás fuera en realidad hacerse el bien a uno mismo. También he conseguido a veces reemplazar aquello que me da miedo por algún recuerdo que me haya hecho sentir bien o algo emocionante que haré en el futuro. ¿Cómo es eso?, me preguntó mi psicólogo. Por ejemplo, cuando me viene la idea de que todavía tengo la bolita debajo de la piel esperando salir en cualquier momento, entonces para no seguir pensando en eso y en que luego me cortarán la mano, después el brazo, etcétera, lo que hago es moverme de donde estoy parado o sentado o acostado y pensar en recuerdos agradables (tengo una lista larga ya) o en cosas emocionantes que haré en los próximos días, como ir a ensayar guitarra con mis compañeros de escuela o aquel viaje que hice con mis primos a la isla de Mexcaltitán. Ahora entiendo, dijo mi psicólogo, pero la verdad sin verlo muy convencido de ello.

DÍA 12

Mi papá se levantó temprano, se vistió y bajó al sótano a hacerle los últimos arreglos a mi bicicleta, porque ayer era precisamente día en que podía llevarla. Ya me imaginaba yo en el patio de la escuela pedaleando a toda velocidad, junto a mis amigos. Kiki también quería llevarse su bicicleta, pero mi mamá le dijo que el permiso era sólo para niños de quinto y sexto. Nada más se encogió de hombros. Pero puedes llevarte tu patín, le dijo mi mamá. Y Kiki hizo una mueca, nada más. Desde la ventana vi cuando mi papá subió la bicicleta al coche. Primero me llevarían a mí y después a mi hermana, porque no cabemos todos en el coche. Luego vino y me preguntó que si ya estaba listo. Le dije que sí. Cogí mi mochila y me despedí de mi mamá, con un beso. Estaba emocionado. El corazón me latía como un motor de camión desbocado. Subí al coche. La bicicleta estaba en el asiento extendido de atrás, reluciente. No quería que se me notara la felicidad. Hacía todo lo posible por parecer que fuera un día normal a todos los días normales de clase. Pero una sonrisa más fuerte que yo mismo me abría las comisuras. El camino se me hizo largo. Una bajada. Una subida. Otra bajada. Otra subida. Cuando llegamos por fin a la escuela y vi a todos mis compañeros bajando de sus camionetas y coches con sus bicicletas, la sonrisa que traía en la comisura de mis labios se abrió más y más. Mi papá se bajó del coche y sacó la bicicleta de la cajuela. La colocó sobre la acera. Me pidió que me montara y me monté. ¿Cómo la sientes?, preguntó. Le dije que un poquitito alta. Me bajé y mi papá intentó ajustar el asiento, pero al girar la bisagra salió volando la tuerca. Mi papá palideció. Yo sentí una torsión en el estómago. Mi papá cogió la tuerca e intentó colocarla de nuevo, para fijar el asiento. Volvió a salirse. Sacó el tornillo, probó que funcionara bien la tuerca y volvió a intentarlo. La tuerca volvió a salir volando. Ya se chingó, dijo mi papá. Y yo sentí otra torsión durísima en mi estómago, pero no quise que se me notara. Permanecí como si todo siguiera normal. Mi papá seguía amarillo. Tengo mucho coraje, dijo. No se va a poder, hijo, me la voy a llevar. Me explicó que mejor compraría otro tornillo y otra tuerca más grande, y que ya para el próximo jueves no tendría problema. Está bien, papá, le dije, y empecé a caminar hacia la puerta de la escuela. Sentí que un balde de agua helada me había caído encima. Antes de cruzar la puerta de la escuela, vi a mi papá alejarse en el coche, con la bicicleta recostada en el asiento de atrás, esa mañana en que ya empezaban a caer las primeras gotas de lluvia.

DÍA 13

Guitarra

Hoy es mi primer día de clases de guitarra de mi nuevo curso. Kiki tomará violín, con mi mamá. Me he bañado y arreglado como si fuera a ir a una fiesta, por si acaso me encontraba a Maya. Los primeros días de todo me ponen muy nervioso, aun cuando ya sé que luego se me quita. No aguantaba que mi papá estuviera haciendo bromas durante el desayuno. Es para que se relajen, dijo. Tampoco aguantaba que dijera eso.

DÍA 14

Hoy fue un día terrible. El peor de todos, quizá. Todo empezó cuando mi papá encendió el Skype y empezó a hablar con mis abuelitos. Luego de un rato, mis abuelitos quisieron vernos a nosotros también, pero Brunella y yo estábamos viendo la televisión, y no teníamos muchas ganas. Mi papá entonces cogió su computadora y la trajo al cuarto. Mis abuelitos aparecían en la pantalla del Skype, llamándonos, preguntándonos que cómo estábamos, pero nosotros seguíamos viendo el televisor, sin hacerles caso. Mi papá me pidió que apagara el televisor y le contara a mis abuelitos sobre mis clases de natación y de guitarra, y sobre lo que me pasó con la dentista. Pero yo no tenía ganas de contar nada y sólo les dije que había ido con la dentista y me habían tapado dos muelas. No les conté nada de que lloré y estuve muy nervioso y tenía miedo de que me inyectaran para anestesiarme. Kiki ni siquiera volteó a verlos. Dijo que estaba amodorrada y no tenía ganas. Mi papá volvió a su oficina y le gritó a mi mamá que viniera a saludar a mis abuelitos, porque estaban preguntando por ella. Pero mi mamá no vino. Tal vez estaba en el sótano o había ido a la tienda o estaba en el cuarto de lavado o tenía la licuadora encendida o estaba escuchando música en su iPod. Mi papá estuvo hablando con mis abuelitos todavía un rato más. Riéndose con ellos. Les contó que estaba contento con la calle a la que le pusieron su nombre en Colima. Sí, le pusieron su nombre a una calle, y mi papá estaba contento con eso, y más mi abuelita, que fue a la inauguración del fraccionamiento donde estará la calle que lleva el nombre de mi papá. Luego de unos minutos mi papá se despidió de mis abuelitos. Les dijo que seguirían en contacto. Adiós, viejo, le dijo a mi abuelito. Adiós, madre, a mi abuelita. Cerró la computadora y vino a la habitación. Nos miró con furia detenido en la puerta y nos gritó: ¡es la última vez que le faltan al respeto a sus abuelos de esa manera! ¿me oyeron? Sí, dijimos Kiki y yo. Es la última chingada vez que lo hacen, ¿me entienden? Sí, dijimos Kiki y yo. La próxima vez que no respondan y no volteen los voy a tirar por la ventana, ¿me entendieron? Sí, papá, dijimos Kiki y yo. Mi mamá, al escuchar los gritos de mi papá, vino a la habitación. Antes de llegar, mi papá dio media vuelta y le dijo: "y tú no te hagas tonta, ¿eh? Que bien te vi que te levantaste de la silla y te fuiste a esconder para no saludar a mis papás. Mi mamá hizo una mueca. Entonces mi papá agarró unos documentos de mi mamá y le dijo: "mira lo que hago con tus documentos". Y los rompió. Yo pensé que mi papá le iba a pegar a mi mamá, porque estaba como un diablo, pero no. Luego volteó con nosotros y nos dijo: "y sálganse de mi habitación, rápido, sálganse, no quiero verlos aquí". Kiki y yo nos levantamos y salimos corriendo de la habitación. Nos metimos a la nuestra y nos subimos a la litera. Mi papá todavía le gritaba a mi mamá no sé qué tantas cosas, y mi mamá le respondía no sé qué otras. Mi papá estaba como un toro embravecido. Con mucho coraje. Tenía razón, en parte, pero no era para tanto. Pasaron unos minutos y se fue de la casa, dando un portazo. Kiki le preguntó a mi mamá si se había ido para siempre y mi mamá le dijo que no, que mi papá no nos podía dejar porque nos amaba. Yo sé que nos ama, aunque esta vez tuve mis dudas. Una hora después regresó. Dijo que el carro se le había descompuesto y que tenía que mandarlo al taller. ¿Y de qué?, le preguntó mi mamá. De la marcha, dijo mi papá. Kiki se puso en medio de los dos y les dijo que se pidieran perdón y se dieran un beso, que al cabo eran esposos. Mis papás se quedaron mirando el uno al otro. Mi papá le pidió perdón a mi mamá y mi mamá a mi papá. Cuando se iban a dar el beso, Kiki y yo cerramos los ojos, para no ver. Qué asco.

DÍA 16

Samuel vino a contarme a la hora del recreo que Kiki lo detuvo antes de entrar al baño para preguntarle cómo se decía pájaro en inglés. Que Samuel le dijo: "bird". ¿Cómo?, que le preguntó Kiki de nuevo. "Bird", que le repitió Samuel, torciendo la boca. Que Kiki se le quedó mirando con los ojos abiertos abiertos y le dijo: estás reloco, Samuel. Y se fue. Cuando le pregunté que por qué le había dicho eso a Samuel, Kiki me dijo que porque no le había entendido nada de lo que le había dicho. Estás reloca, le dije a Kiki, y me fui.

Futsal

Hoy fue mi primer día de futbol. Mis papás me llevaron al Edgar Center, que es donde juegan todos los equipos de todas las escuelas. Estaba nervioso. Me pasé todos los días diciéndoles a mis papás que era el mejor jugador de toda la escuela. Ahora se darían cuenta de que no era así. Había mentido y me sentía mal. Mientras mi papá le platicaba a mi mamá que la pieza que le faltaba al carro no llegaría sino hasta dentro de diez días, y que tendrían que rentar un carro tal vez, yo no dejaba de pensar en el momento en que vieran que yo no era el mejor jugador de nada. Nada de nada. Sino un mentiroso. Pensé decirles: papá, mamá, soy un mentiroso. No es cierto que soy el mejor jugador de la escuela. Todas esas jugadas que les dije que hacía, todos esos pases y goles que les dije que metía fueron una mentira. Papá, mamá, perdónenme. Soy un odioso mentiroso. Mi mamá me bajó en la puerta y me dijo que entrara, mientras ellos estacionaban el coche. Me temblaban los pies. Ubiqué a mi equipo y allá fui. Todos me saludaron con una sonrisa. Chocamos la mano. Mis papás llegaron unos minutos después. Nuestra entrenadora me pidió que entrara en el primer tiempo. Dejé mi suéter verde y mi bote de agua, y dije: ayúdame, Dios mío. Ojalá mi papá no empiece a aplaudirme, porque eso me mata de pena. Ni a gritar cuando traiga la pelota. Ni nada. Ojalá que se esté callado nada más viéndome. Estaba de delantero y empecé a jugar de lo más bien. No sabía qué estaba pasando con mis piernas: era como si se hubieran desbocado o las piernas de un jugador profesional se hubieran metido en mis piernas. Sin darme cuenta, metí un gol. Y al rato: otro gol. Y otro gol. Seis goles metí durante el partido. Mi papá estaba que se moría de contento. Levantaba las manos, gritaba, como siempre. Pero no le dije nada esta vez porque tenía que celebrar conmigo los golazos que estaba metiendo. ¿Qué había pasado? El partido terminó y mi papá me felicitó. ¿Qué te pasó, Bruno?, me preguntó, también sorprendido. Te dije, papá, le dije muy seguro de lo que les había estado diciendo toda la semana. ¿No sería que el otro equipo era demasiado malo?, pensé, pero ya no quise contestarme.

Leí dos veces el pasaje del niño muerto en la batalla, en el *Corazón. Diario de un niño.* Tres veces lo leí, más bien. Estoy seguro que si alguno de ustedes lo leyera también lloraría. Es un niño que se queda abandonado en un pueblo. Un pueblo con las casas vacías, toda la gente había huido por la guerra. Y este niño se encuentra con un batallón de militares. Se acerca y le dice al general o el general le pregunta que qué hace ahí, y el niño le dice que se ha quedado solo y que si puede participar en la guerra. El general le pregunta al niño que qué sabe hacer y el niño le contesta que es bueno para ver. Sí, para ver a larga distancia. Podría ver a un borracho a cien kilómetros, incluso. ¿De verdad?, le pregunta el general. Sí, contesta el niño y se sube a la punta de un árbol, por las ramas. Ya cuando está arriba el general le pregunta que qué ve a la derecha y el niño le responde que no ve nada. Que qué ve a la izquierda, le pregunta el general, y el niño, desde arriba, con la camisa ondeando por el viento, saca un poco la cabeza y le dice que no ve nada pero que seguro hay militares escondidos entre los matorrales. Entonces al niño le pasa zumbado una bala por la cabeza, que casi le pega. Y el general le dice que baje, que lo han visto. Que baje de una buena vez. Pero el niño le dice que no, que no lo han visto y le dice al general que seguramente también detrás de los árboles se ocultan más militares, y en ese momento otra bala le pasa zumbando. Y el general vuelve a decirle que baje. Que baje ya. Pero el niño no hace caso. Gira la cabeza y pone la mano en visera. Mira al fondo del camino más militares que vienen montados a caballo. Cuando apenas va a decirle al general que tendrán que darse prisa, una bala -la tercera- le entra por un costado, perforándole el pulmón. El niño cae desde lo alto del árbol, su cuerpo queda sobre la tierra llena de sangre. El general lo ve y se quita las insignias, que coloca encima de su cuerpo. Manda traer una bandera que ondea en una casa abandonada y le cubre el cuerpo, hasta el cuello. Ha muerto como un héroe, dice entre dientes, y deja caer las rodillas sobre la tierra. Ha muerto como un héroe, repite otra vez el general y todos los soldados que lo rodean empiezan a ponerse de rodillas.

Maya

No tengo ganas de contar lo que sucedió ayer en casa, cuando vino Maya y sus papás a visitarnos. Lo haré mañana. Muero de sueño.

DÍA 18

Nico es el hijo de Sebastián y Judith, los amigos de mis papás. Son argentinos. Judith nació aquí, porque sus papás se vinieron a vivir debido a la dictadura militar, donde murieron muchas personas. Sebastián nació en Argentina. Sebastián y Judith son primos hermanos, según le contó mi mamá a mi papá el día de la fiesta de Samuel, el hermano de Nico y compañero de Kiki. Yo no sabía que los primos hermanos se podían casar, pero al parecer sí. O tal vez no, pero lo han hecho en secreto. Nico es ahora mi compañero de escuela y de salón. Incluso de mesa. Es un compañero serio y un poco callado. En ocasiones nos hablamos en español, sobre todo cuando no queremos que otros entiendan lo que queremos decirnos. Es nuestro lenguaje secreto. Por eso me gusta hablar español. Nico y yo nos hablamos en español incluso cuando jugamos futbol y yo le pido la pelota. A veces, eso sí, de nada sirve. Como el otro día que estábamos en clase y la maestra le preguntó a Nico algo de la tarea. Era una pregunta que yo me sabía y que quería decirle a Nico cuando vi que se quedó callado y agachó la cabeza. No se sabía la respuesta y nada más se agarró moviendo los dedos en círculo sobre el libro de texto. Cuando le salieron los lagrimones de los ojos, quise decirle la respuesta en español, pero la maestra nos estaba viendo. Nico se limpió las lágrimas de los ojos y siguió señalando con el dedo índice los renglones de su libro de texto, en busca de la respuesta. Pero no la encontró. Yo estuve a punto de decírsela en español. Acercarme a su oído y decírsela. Amigo, esta es la respuesta. Dísela a la maestra. Pero no pude. La maestra me veía con los ojos muy abiertos y seguro me castigaría no sólo por haberle dado la respuesta a Nico sino por hablar en español. La maestra es muy enojona y esta vez no me iba a arriesgar. Pero me dolió no haber podido ayudarle a Nico, que tenía la cara roja roja como un jitomate.

Comida

Hoy regresé alegre de la escuela. Ya tenía mucho que no regresaba así. Hasta mi papá lo notó: ¿y ese milagro que vienes tan alegre? Le dije que me había ganado un sticker, pero en realidad era que me había dado cuenta de que hoy vería a Maya en la alberca. ¿Sí irá? Ojalá que sí. Tengo ¿dos?, ¿tres? ¿cuántos días sin verla? Tal vez horas. La última vez que estuvieron en casa vimos una película juntos. Se sentó al lado mío, pegada a mí. Y casi me abraza en las escenas de miedo. Era una película de Scooby Doo. Yo no tenía que estirar los brazos para tocarla: ¡Estaba a mi lado! Cuando se fueron de la casa, que fue casi a las doce de la noche, le dije a mi papá que estaba enfadado de Maya, que ya no la podía ver, que estaba cansado. ¿Pero qué te hace?, me preguntó mi papá. No supe qué decirle. Me acordé nada más de lo que había dicho mi tío Maccoy de una de sus novias: que era inmadura… Y eso le dije: es que es muy inmadura, papá. Fue lo primero que se me salió decir. Tonterías, dijo mi papá. He aparentado que me cae mal Maya pero no sé hasta cuándo pueda, porque el otro día que llegué a casa me dijo mi mamá que había estado Maya y yo le dije que seguramente había preguntado por mí, pero mi mamá me dijo que no, que daba la casualidad que no había preguntado por mí. ¿O querías que preguntara, Bruno?, me preguntó mi mamá con un tono de voz un tanto burlesco. Ni me importa la mera verdad, le dije, pero algo me dolió por dentro. ¿Por qué no preguntaría por mí? ¿o me estaba mintiendo mi mamá?

DÍA 19

Mi mamá le contó hoy a mi papá una historia que mejor no hubiera escuchado. Se me hubieran mejor tapado con tierra o aserrín los oídos para no escucharla. Pude haberme ido a mi habitación de haber sabido antes lo que iba a decirle. Se la contó mi mamá en la cocina, mientras mi papá abría una bolsa de papitas, que tanto le gusta acompañar con aceitunas de New World. No he podido dejar de pensar, le dijo mi mamá, en la historia de uno de sus vecinos que tuvo en enfrente de su casa, allá en Tecomán. No recuerdo el nombre que dio, pero era un señor que era muy pobre y se dedicaba a juntar basura y fierros viejos. Tenía varios hijos el señor, entre ellos una niña de la edad de mi hermana, que un día se enfermó. Dice mi mamá que la niña se puso enferma nomás de la tos, mucha tos, y de los pulmones o algo así, y que el caso es de que del hospital de Tecomán tuvieron que llevarla a un hospital grande de la ciudad de México, porque ya estaba muy grave, la tenían con tubos en la boca, y sondas en las venas, y la inyectaban todos los días, porque no podía respirar. Así se la llevaron a la Ciudad de México y dice mi mamá que algo pasó y que la niña murió, que nada más amaneció muerta, en la cama del hospital, de sábanas blancas. Que ella recuerda lo de las sábanas blancas blancas porque el señor que no recuerdo cómo se llama le contaría a mis abuelitos que se le quedaron grabadas, las sábanas blancas. En el hospital le confirmaron al señor que su hija había muerto y que tenía que llevársela para darle cristiana sepultura, pero cuando el señor preguntó que cuánto le salía llevarla en una ambulancia se dio cuenta de que no podría jamás pagar tanto dinero, ni mucho menos rentar una carroza en una agencia funeraria, para llevarla de Ciudad de México a Tecomán y darle cristiana sepultura a su pequeña hija, que ya para entonces, según cuenta el señor, tenía la piel pálida, y los ojitos sin brillo, y delgadita estaba porque antes de morir había cumplido dos días sin comer ni siquiera una galletita de las que dan en los hospitales. Una de esas galletitas rancias, ni siquiera eso. Que entonces el señor salió a la calle y estuvo deteniendo choferes de taxis, a quienes les explicaba que tenía una hija muerta en el hospital y no podía llevarla en una ambulancia porque salía muy caro, ni mucho menos en una carroza de agencia funeraria, y que si podían ellos llevarlo con su hija muerta a Tecomán. Muchos taxistas le dijeron que no, pero hubo uno, ya casi a la medianoche, que le dijo que sí, que no se preocupara, que lo llevaría a él y a su hija a Tecomán, pero que nada más la llevarían como si fuera una pasajera más, para evitar problemas con los policías federales de caminos. El señor le dijo que sí y subieron al taxi. Sentó a su lado a su hija muerta y emprendieron el camino de regreso, en medio de la oscuridad, toda la noche en la carretera, el señor con su hija muerta, al lado suyo. No sé si pueda dormir esta noche nomás de pensar en la imagen de ese hombre con su hija muerta a su lado, todo el camino de ciudad de México a Tecomán. ¿Lloraría toda la noche como yo estoy llorando ahora?

DÍA 20

Yo no quisiera que mi papá se muriera. Yo sé que se tiene que morir un día, que todas las cosas se mueren un día, pero yo no quisiera que mi papá se muriera nunca. Tampoco quisiera que se acabaran los libros. Los libros de papel, así como los conocemos. No quisiera que todo fuera electrónico y en la computadora. Y que los libros que escribe mi papá desaparecieran. Por eso quiero comprar muchos libros y guardarlos en el sótano. O en cajas. O debajo de mi cama. Sobre todo los libros de mi papá. Los que él escribe. Para decirle a mis hijos que antes hubo libros de papel, ¿cómo de papel? me preguntarán seguramente, sí, de papel, del papel que se sacaba de los árboles, y entonces poderles decir a mis hijos miren, y enseñarles un libro de su abuelo, o sea de mi papá, y que lo puedan leer y tocar. No quisiera que pasara el tiempo, ni que llegara ese momento lejano, lejano, cuando ya mi papá esté muerto y mi mamá también y yo tenga hijos. ¿Dónde viviría? ¿Aquí o en México? Las noches se me van siempre pensando qué pasará cuando mi papá se muera. Por eso ya quiero que se cure de su dedo del pie, que no lo deja caminar bien. Pienso de pronto que van a tener que cortarle el dedo, y luego la pierna, y así, hasta no dejar nada de mi papá. Mientras yo pienso mi hermana ronca debajo de mi cama. Quiero decir en la cama de abajo, porque dormimos en una litera. Ella seguramente no se preocupa como yo de la muerte de mis papás. Nunca se preocupa de nada, parece. Ni de comer. Yo me preocupo de todo, hasta de que ella coma a la hora del recreo. A veces mejor quisiera que esté en otra escuela para no preocuparme si come o no come, porque por irse a jugar a veces se le olvida comer, y yo siempre tengo en la cabeza, retumbándome, las palabras de mi papá: coman bien porque si no les dará un cáncer o algo grave. Y yo no quiero que a mi hermana le dé ningún cáncer ni nada, ni mucho menos que se muera ni le pase nada. Por eso siempre en el recreo lo primero que hago es ver si está sentada comiéndose su desayuno. Ya le dije que si no come su desayuno la voy a sentar al lado mío y no la voy a dejar ir a jugar hasta que se lo acabe. No importa que yo tampoco juegue con nadie. Siempre estoy preocupado por eso y muchas cosas. Sólo cuando mi mamá me abraza en las noches y me habla de las cosas buenas que también tiene la vida, se me quitan las preocupaciones. ¿Por qué se me quitan las preocupaciones cuando me abrazas fuerte, mamá?, le pregunté un día, y ella me dijo: porque el amor lo cura todo, hijo. Y sí es cierto: el amor lo cura todo.

Poco antes de apagar la lamparita de lectura
Estoy seguro que voy a soñar feo. Otra vez.

DÍA 21

Mis papás se fueron a comprar la despensa. Nos quedamos nada más Kiki y yo. ¿Seguro que se quedan? Sí, dije. Nos pusimos una película. Mi papá me dijo que le pondría el candado al cancel de la puerta. ¿O quieren ir?, preguntó de nuevo. No, nos quedamos. Puse llave a la puerta del pasillo y nos pusimos a ver una película. Kiki estaba muy puesta, como si nada. Yo no. A los cinco minutos empecé a escuchar un ruido en el sótano, como si alguien caminara sobre una alambrada. El ruido no se callaba. Abrí un poco la ventana y no vi nada. Le escribí un mensaje a mi papá para ver si ya venían. Ya casi, dijo. ¿Algún problema? No, nada más que estoy un poco nervioso, le dije. ¿Pasa algo? Le iba a decir del ruido pero no quise preocuparlo. No, nomás quería saber a qué hora venían. Ya pronto, dijo. Al rato volví a escuchar otro ruido, ahora en la cocina. Se oía como si alguien hubiera abierto el refrigerador. Lo abriera y lo cerrara. Y luego como pasos que iban a la sala. Pisadas sobre la alfombra, fuertes, tal como si arrastraran un animal muerto. Kiki estaba de lo más tranquila, absorta con la película ¿No escucha nada o qué?, me pregunté. Le volví a enviar un mensaje a mi papá. ¿Ya mero vienen? Ya estamos en camino, dijo mi papá. El tiempo no pasaba. No sé a qué camino se refería. Tal vez al que iba al otro lado de la isla. Escuché otro ruido, ahora en la puerta. Como si una mano intentara abrir el cerrojo. ¿No oyes ese ruido, Kiki?, le pregunté. ¿Cuál?, dijo. Ese de la puerta. No. ¡Cómo que no!, le dije. Kiki siguió con la vista en el televisor. Loco, nomás oí que dijo, entre dientes.

Futbol

Ayer me puse una camisa de la Chivas, mi equipo de futbol favorito, que no me había puesto desde que volvimos de México. La usé para jugar futbol allá. Me la puse en la mañana y olía a México todavía. Olía a mi amigo Humberto, Alán, Chipi. Me la iba a llevar a una reunión familiar, pero no pude. Metí de nuevo las narices y olía a las calles de Villa Hidalgo. Al polvo de las calles empedradas, al mercado. Me la quité. Mi mamá me dijo que qué hacía y le dije que no podía llevármela. No quiero que se ensucie, le dije. Huele a México. Está bien, dijo mi mamá. La guardé de nuevo en el closet y sólo la usaré cuando quiera acordarme de mis amigos. No quiero que me la laven y le quiten ese olor. Es como tenerlos aquí conmigo, en Nueva Zelanda, esperándome afuera de la casa para ir a jugar futbol, como lo hacía siempre allá. Qué lejos están todos. Qué lejos estoy de todo.

Regaño

Hoy mi papá me regañó. No pongo el día porque quiero olvidarlo para siempre. Me dijo que era bueno para nada. Me dijo que me muriera. Me maltrató. Estaba muy enfurecido. Me dolía todo el cuerpo, mientras me regañaba. Quería llorar pero me dijo que ni se me ocurriera llorar como marica. Que ya estaba harto de que todo el tiempo mi mamá me estuviera diciendo lo que tenía que hacer, como ahora que se me olvidó la botella de agua para el futbol y mi papá se enfureció. No es nada más porque se te haya olvidado la botella de agua, carajo, dijo, sino porque eres un bueno para nada. ¿Sabes lo que les pasa a los buenos para nada como tú? Los aplasta la vida. Todos esos que ves ahí en la calle pasarán por encima de ti y te aplastarán si no mueves un dedo. ¿Entiendes? Yo no podía decir ni que sí ni que no. ¿Entiendes? No podía. Le dijo a mi mamá que estaban creando a un bueno para nada, un inútil, o sea yo, que porque siempre me tienen que decir lo que tengo que hacer, tender la cama, ponerme la ropa, bañarme, comer sano, dormir a mis horas, hacer ejercicio, meter la guitarra en el estuche, llevar la botella de agua al futbol, no olvidar la mochila, todo. De hoy en adelante harás las cosas tú solo, ¿me oíste? No sabía qué decir. Si no está listo en la mañana para ir a la escuela, lo dejas, Blanca, le dijo a mi mamá. Si no trae su botella de agua para el futbol, no lo lleves. Si no metió la guitarra en el estuche, lo dejas también. Ahí que se muera solo o que se quede viendo la tele hasta que quede loco. Mi papá estaba enfurecido y yo no sabía qué decirle. Me sentía de verdad un bueno para nada. Por más que quiero ser responsable no puedo. Me olvido de las cosas. No sé a veces ni dónde estoy. Quisiera mejor morirme para siempre y nunca más volver a vivir en este mundo.

Ya no sé qué hacer con mi equipo de la escuela. Me nombraron líder y todo está patas para arriba. Como líder del equipo tengo que organizar actividades para un grupo de alumnos. Tengo que demostrar que tengo liderazgo. Son ocho estudiantes, que están en un grado más abajo que yo, y no me hacen caso. Soy el único líder al que no hacen caso. He realizado actividades que yo creo que son muy novedosas pero cada quien hace lo que quiere. Veo que a los otros líderes no les sucede lo mismo. Hoy, por ejemplo, organicé un partido de futbol. Más bien penaltis. Hice dos filas y tenían que pasarse la pelota, los de una fila a la otra, y luego tirar a gol. Nadie quiso hacer nada. Estaban desganados. Uno de los niños intentó aventar la pelota por encima de la cerca. Le dije que no lo hiciera. Lo hizo de cualquier modo. El equipo de Jordan, en cambio, estaba muy tranquilo, todos jugando, sin problemas. Cuando le dije a mi papá lo que pasaba, me dijo que tenía yo mismo que analizar qué era lo que estaba haciendo mal. Pues les doy órdenes y no me hacen caso, le dije. Mi papá me dijo que un líder no era un dictador ni un tirano, de esos que dan órdenes aunque la gente no las quiera cumplir. Que un líder era alguien que sabía guiar, que tomaba opiniones, que proponía lo mejor para todos, y que ponía, sobre todo, el ejemplo. Si ellos no quieren hacer algo por qué no les preguntas qué quieren hacer entonces. Lleva dos actividades. Pídeles que escojan una. Si ninguna les gusta, pregúntales si tienen alguna sugerencia. Si alguien sugiere algo, entonces pregunta si todos están de acuerdo. Si la mayoría acepta, adelante. Esa es la democracia. No entendí nada realmente. Sólo tenía ganas de patear un árbol hasta tumbarlo.

Filipo

I

A Nueva Zelanda llegó una nueva familia de mexicanos, que pronto se hicieron amigos de mis papás. Nos habíamos visto en la alberca algunos viernes, donde conocí a Filipo y jugué con él en los toboganes, pero fue ayer que vinieron por primera vez a la casa. Mi papá invitó a Mario, el papá de Filipo, a comer, para celebrarle el cumpleaños. Mi papá le preguntó que qué haría de fiesta un día antes y el papá de Filipo le dijo que nada porque no tenían mucho dinero. Mi papá entonces le dijo que vinieran a casa a comer, que él los invitaba. Mi papá compró un pastel y cervezas y mi mamá hizo tacos para todos. A mí papá le da tristeza ver que la gente no tiene dinero suficiente para comer o comprar cosas, y cuando puede entonces los ayuda. Comimos muchos tacos y después de comer Filipo y yo nos fuimos a jugar. Kiki jugó con Almira, la hermana de Filipo, que también es de su edad. Estuvimos jugando a los ninjas en el jardín, aunque estaba lloviendo, y también con los patines del diablo. Filipo me cae muy bien. Como es mexicano, me entiende todo lo que le digo sin tenerle que dar más explicaciones. Me cae muy muy bien. Pero en una de esas que me metí a la casa para tomar agua, mientras sacaba el vaso de la alacena, escuché que la mamá de Filipo le dijo a mi papá que Filipo no era hijo de

Mario, sino de su anterior marido. Yo me hice como que no escuché, pero me quedé pensando en que Filipo no es hijo de su papá, quiero decir de Mario, sino de otro papá, que nadie sabe dónde estará. ¿Sabrá Filipo que su papá no es su papá? ¿Estaría bien que se lo dijera? Todo el tiempo estuve pensándolo mientras jugaba con él. En la cabeza tenía la voz de su mamá diciendo que Filipo no es hijo de Mario, y que Filipo no lo sabe.

II

No pude dormir en toda la noche, nada más pensando que qué pasaría si yo tampoco soy hijo de mis papás. Una vez me dijeron que no me parecía a mi papá ni a mi mamá. Me lo dijo una señora que nos encontramos en un mercado en México, y mi papá se puso nervioso, y mi mamá dijo que me parecía a uno de sus hermanos, a mi tío Beto. ¿No será que de verdad no soy hijo de mis papás, como Filipo? Entre la noche me bajé de la litera y fui a la oficina de mi papá. Saqué los álbumes de fotografía y busqué una foto de mi mamá embarazada de mí, pero no encontré ninguna. Yo estaba seguro de que había unas fotos de mi mamá embarazada de mí, ¿o nomás eso he creído yo siempre? ¿soñé que vi esas fotos o no soñé? Estaba muy desesperado, tal vez sólo soñé o en ese momento no recordaba o no estaban en el álbum. Muchos álbumes de fotos se quedaron en México, ¿estará allá esa foto? Nada más de pensar que no soy hijo de mis papás me arde el estómago. ¿Qué pasaría? ¿los dejaría de querer? ¿pero cómo se deja de querer a los papás de uno que en realidad no son de uno? ¿cómo querer a quien nunca ha sido nuestro papá pero que es de verdad nuestro papá? ¿cómo querer a quien no se desveló nunca en las noches por nosotros, aunque sea nuestro papá? Toda la noche estuve dando vueltas en la cama, nada más pensando qué pasaría si mis papás no fueran realmente mis papás. Hasta que, de pronto, me quedé dormido.

DÍA 26

Diario de un niño

Ayer leí en *Corazón. Diario de un niño* la historia de cuando Enrique va con su papá a visitar a su maestro. Fueron a casa del maestro de Enrique, una mañana, y estuvieron platicando con él, y entonces el papá de Enrique vio un tintero de madera sobre el escritorio del maestro y le preguntó al maestro que dónde había comprado ese tintero. El maestro le dijo que no lo había comprado sino que hacía unos días se lo había regalado un preso, porque él le había dado clases en la cárcel. Era un tintero labrado, que a mi papá le gustó mucho. ¿Y dice que se lo regaló un preso? Sí, dijo el maestro, hace poco vino a casa, me tocó la puerta, luego de seis años de no verlo, y me lo regaló. Había quedado libre hacía un par de días. En la escuela Enrique le contó a Crosis que fueron a visitar al maestro y le contó la historia del tintero. Le dijo que el preso después de seis años de estar en la cárcel salió y fue con el maestro a entregarle el tintero de madera. Su amigo Crosis le preguntó que cuándo había sido eso y Enrique le dijo que hacía unos días, unos días apenas. Su amigo Crosis le dijo que su padre había vuelto de América hacía unos días igual que el preso ese, después de haber estado fuera justo seis años también. Le dije a mi mamá si estaba pensando lo mismo que yo y mi mamá me dijo que sí, que tal vez el preso ese era el padre de Crosis. ¿Y por qué le echó mentiras su mamá, mamá?, le pregunté. Mi mamá me dijo que para no hacerlo sentir mal. Yo entonces me empecé a sentir mal porque pensé que mi mamá no me diría que no era su hijo, como Filipo, para que no me sintiera mal. ¿Y tú me dirías también mentiras, mamá?, le pregunté. Y mi mamá me dijo: pues depende. ¿Por qué no me dijo que no? ¿Me está echando mentiras y no quiere decirme que no soy su hijo? No pude dormir toda esa noche tampoco, imaginando nada más que mis papás no me quieren decir la verdad. ¿Sí soy o no soy su hijo? Me veré mañana en el espejo y me buscaré los rasgos que se parezcan a los de mi papá o mi mamá, a ver si doy con algo que realmente me convenza, aunque ya dudo de todo.

DÍA 27

Mi maestra se cayó de la silla, hoy en la escuela. Yo me morí de la risa. Quiso alcanzar un libro de su escritorio, y se le resbaló la silla, y que se va de boca. Un compañero se rio a carcajadas, sin poderse contener. La maestra se levantó y le dijo: ¿te parece divertido, Josh? Un poco, sí, maestra, le dijo Josh. Luego Eli le dijo a Johnattan que la maestra se había echado un pedo al caer, y Johnattan fue y le dijo a la maestra que Eli le había dicho que se había echado un pedo al caer. La maestra miró a Eli con ojos de quererlo matar. ¿Eso dijiste, Eli? Bueno, sí, maestra. Yo ya no sabía dónde meter la cabeza de la tanta risa que tenía.

El niño problema

Hay un niño en la escuela que le pega a mi hermana. Una vez le tiró el sombrero. Otra vez quiso ahorcarla con una bolsa. Otra vez la aventó y casi la tumba. A todos nos cae mal ese niño. Tiene cara de diablo. La última vez arrojó el desayuno de mi hermana a la basura. Mi hermana le contó a mi papá y mi papá se puso como demonio de enojado. Dijo que podía agarrar a ese chiquillo de los pelos y arrojarlo a un precipicio. Dijo que ojalá el papá del niño le dijera algo un día para poderle romper la cara a puñetazos, patearle la cabeza, romperle los huesos. Mi papá estaba enfurecido. Entonces me dijo: Bruno, tú le vas a meter mañana mismo una patada a este muchacho malvado. ¿Me oíste? Sí, papá. ¿Me oíste?, repitió gritando. Sí, papá, sí. Una patada que lo haga llorar, y si te habla tu maestra o algún maestro, les dices lo mismo que ellos dicen: que perdiste el control y que lo sientes. ¿Me oíste? Sí, papá. Ya estoy harto de este muchacho desgraciado, dijo mi papá. Ojalá que se muera. Que se muera. Mañana quiero que le metas una patada buena, Bruno. Sí, papá. Y si no llora, métele otra bien dada al canijo muchacho. Sí, dije, y me empezaron a temblar los pies como los badajos de los timbres eléctricos.

DÍA 29

Futbol

Hoy metí como siete goles en el juego. Todo se lo debo a Changa, mi entrenador de México. Con él sí aprendí a perderle el miedo a la pelota. Nos ponía a jugar con niños más grandes, muchachos casi, y había que entrarle como sea. Aquí en Nueva Zelanda siempre son cuidadosos con todo: que si traes las espinilleras, que si traes los zapatos adecuados, que si juegas con niños de tu edad. En todo se fijan. En México es como salga, todos contra todos y cuidado con que llores porque te dicen vieja, marica o niña. Cuando me llegué a caer y a raspar las rodillas, Changa me decía: levántese y no sea llorón. Por eso aprendí a jugar mejor futbol y a no tenerle miedo a la pelota. Aquí ya no me da miedo atacar o tirarme al suelo. Metí siete goles, por eso. Le voy a mandar una postal a Changa para decirle que gracias a él soy el mejor jugador de mi equipo. Gracias, Changa, le diré. Metí siete goles en el partido de ayer. Todo mundo me aplaudía. Ya no lloro cuando me dan balonazos ni me caigo y me raspo las rodillas. Extraño Villa Hidalgo, de verdad. Extraño a los amigos del pueblo, la feria, las calles, no importa que estuvieran llenas de polvo y el calor ni siquiera me dejara dormir. Voy a dedicarle a mi maestro Changa el siguiente partido. Todos los goles que meta serán en su honor.

En la noche

Extraño a Maya. Se fue de paseo a Queenstown y no ha vuelto. Ojalá no hayan decidido quedarse allá ya definitivamente.

NOVIEMBRE

DÍA 4

Hace un rato vimos un documental sobre mi jugador favorito: Cristiano Ronaldo. También lo vio mi papá, que le va a Messi. Pero luego de ver el documental me dijo que definitivamente ahora prefería a Ronaldo. Sin duda es el mejor, qué increíble, dijo. Yo estuve emocionando viendo el documental. Le hicieron muchas pruebas a Ronaldo, unas sobre su fuerza física, otras sobre su forma de controlar el balón, otras sobre sus técnicas para patear o correr, y otras sobre su mente. Ronaldo dijo que la clave para ser un gran jugador era pensar positivamente y estar seguro. Cuando Ronaldo terminó de decirlo, mi papá volteó a verme, detuvo el documental y me dijo: ¿qué te he dicho? ¿Por qué, Bruno, te sientes menos siempre? Yo me puse a pensar por qué me siento como menos siempre, como con miedo, y me doy cuenta que es porque tengo miedo a que me regañen o a que me pase algo y me muera, o a que me equivoque. ¿A eso le tienes miedo?, me dijo mi papá apenas decirle. Pues no debes tener miedo a nada porque todos en la vida nos podemos equivocar, y equivocarse no es ningún pecado. De los errores se aprende más que de los aciertos, porque los aciertos sólo nos hacen más engreídos y sangrones. Mientras mi papá hablaba yo estaba de verdad pensando por qué siempre me siento como nervioso, con miedo, menos que los demás, y no lo podría explicar muy bien pero es así, tengo como miedo a que me regañen, y a que me pase algo aunque yo sepa que no hay motivos para que me pase nada. Entonces quiero que ya no tengas miedo de nada y que eches hacia adelante, ¿me entiendes? Sí, papá, le contesté, todavía pensando cómo puedo dejar de tener miedo, cómo puedo dejar de ser lo que soy para poder ser otro, ya sin miedo para siempre. Sí, papá, volví a repetir, y empecé a sentir como una fuerza grande dentro de mí. Ojalá me dure, me dije a mí mismo antes de irme a dormir a mi habitación.

DÍA 5

Hoy vino Maya a la casa, por fin. Teníamos muchos días sin vernos. Vino con su papá y su hermana Valeria. Mi papá estaba dormido y mi hermana encima de él, viendo una película. A mi papá le gusta mucho que mi hermana se siente en su espalda cuando ve una película. Se queda bien dormido, quién sabe por qué. Maya dejó su bicicleta en el jardín y entró a la casa. Vino hasta la habitación de mi papá a saludarnos. Me dio un gusto enorme verla otra vez. Como si de pronto me hubieran anunciado que me gané la lotería. Mi papá y el papá de Maya estuvieron platicando en la sala, y luego de un rato se fueron. Mi papá le dijo a mi mamá que nos habían invitado a comer pizza a su casa y a ver un documental de Messi, el jugador argentino que es dizque el mejor del mundo, aunque a mí el que más me gusta es Ronaldo. No me importó. Yo quería ir a casa de Maya a jugar con ella, y a estar con ella también. Pero cuando se dieron las ocho y media y mi papá vio que no llamaba el papá de Maya para decirnos que ya podíamos ir, porque antes tenían una visita, le dijo a mi mamá que le mandara un mensaje a Mariana para decirle que otro día sería. ¿Que qué?, pensé yo, que ya me había cambiado y peinado y estaba listo. No vamos a ir con los chilenos, dijo mi papá. Está bien, contesté intentando no mostrar ni malestar, ni rabia. Quería romper las puertas a patadas. ¿Por qué mi papá tomaba esa decisión cuando ya estaba todo arreglado para irnos y habíamos incluso cenado? ¿Por qué ahora salía con que no iríamos? Le dije a mi mamá que me dormiría, que esta vez no leería. Pero si siempre lees para dormirte, Bruno. Tú sabes que eso te cae muy bien. Sí, pero ahora no. Apagué la luz e hice como que me dormiría, pero no podía. Sentía un coraje grande y me temblaban las manos. Mi papá pasó a la cocina y me vio moviéndome en la cama y me preguntó: ¿te pasa algo? No, es que no puedo dormir. Pues ponte a leer, dijo. Sí, le contesté. Como si fuera tan fácil.

Ayer estuvimos en casa de mi amigo Filipo. Nos invitaron a comer. Hicieron pizza. Filipo llegó un poco más tarde porque había ido con un compañero de su escuela al cine. No recuerdo qué película vieron. Llegó como una hora después. Yo me quedé viendo la televisión en la sala de su casa, mientras mis papás y sus papás conversaban en la cocina. La mamá de Filipo les contaba a mis papás cómo fue su anterior matrimonio. Se los contaba delante de Mario, el que es papá pero no verdadero papá de Filipo. La mamá de Filipo decía que tenía una buena relación con el papá de Filipo, que no es Mario, sino con el otro que se divorció, pero que en realidad nunca lo quiso. O más bien no es que no lo quisiera sino que no se encontraban bien viviendo juntos. Yo escuché que dijo que eran como si fueran *flatmates*, que quiere decir compañeros de casa. Pero nada más. Yo no quería que siguiera contando eso porque me daba nervios que llegara Filipo de repente y escuchara que no es hijo de Mario. ¿Cómo se sentiría llegar bien contento del cine, entrar a la casa y antes de llegar a la cocina escuchar que su mamá está diciendo que no es hijo de Mario sino de otro papá? Tal vez caiga al suelo del puro dolor: plas. De espaldas. Por eso me levanté del sillón y fui a la cocina, nada más con el pretexto de que tenía sed. La mamá de Filipo entonces se levantó y me dijo que si quería agua o jugo de naranja, y yo le dije que jugo de naranja. Cuando la mamá de Filipo estaba sacando el jugo del refrigerador, se oyó que abrieron el cancel de la entrada. Era Filipo. Sí, era Filipo que venía entrando en su patín del diablo. ¿Qué habría pasado si no me hubiera levantado del sillón para venir a pedir un vaso de agua? ¿Habría descubierto Filipo la terrible verdad? Filipo entró a la cocina y le dio un beso a su mamá. Le pidió jugo también. Su mamá le dio jugo en un vaso y luego se sentó a la mesa otra vez. Mis papás tenían la cara como esperando que la mamá de Filipo terminara de contar lo que había empezado y cuando yo vi que la mamá de Filipo iba a continuar la plática le dije a Filipo que traía un patín en la cajuela de mi coche, y entonces me entrometí en la plática y le pedí a mi mamá las llaves del carro. Sí, me dijo mi mamá, y las sacó de su bolsa. Ven, Filipo, le dije, vamos al carro. Filipo me siguió. En la puerta de la entrada volteé y alcancé a escuchar que la mamá de Filipo le decía a mis papás: "ah, y como les decía...". Cerré la puerta tras de mí y eché a correr a toda prisa.

Maya

Cuando salimos de la casa de Filipo mis papás decidieron ir al mirador de Signal Hill. Yo pensé que iríamos a casa de Maya, como había quedado mi papá con el papá de Maya, pero parece que se le olvidó. ¿No quedaste con el papá de Maya de ir a su casa, papá?, le dije como intentándole recordar lo acordado unas horas antes. Sí, dijo mi papá, pero ya me está dando un poco de flojera. ¿Tú quieres ir?, me preguntó. Me da igual, mentí, y me volteé hacia la ventanilla. No quería que se me notaran las enormes ganas que tenía de ir a casa de Maya. ¿Y tú, Blanca? Yo la verdad no, dijo mi mamá, y lo lamenté. No lo hubiera dicho. Cómo se le ocurrió decir que no a mi mamá. ¿No ve las ganas que tengo yo de ir? ¿no se dan cuenta? ¿Y tú, Kiki? Yo quiero ir al mirador, dijo Kiki, y al decirlo sentí como si me estuviera dando con un martillo en la cabeza: tac tac tac. ¿Por qué me haces eso, Kiki?, pensé. Yo seguía con la mirada puesta en la ventanilla, ni siquiera veía el paisaje, no veía más que sombras emborronadas y pasto emborronado y aire emborronado. ¿Pero no se enojará el papá de Maya si no vamos, papá?, insistí todavía ya casi sin esperanza. Pues tiene dos trabajos entonces: enojarse y contentarse, ¿no? Y se rio mi papá. Se rio con burla. Eso sí, dije, pero no me salió ninguna sonrisa. Quería nada más arrojarme por la ventanilla en ese momento. Y caer hasta el fondo del precipicio.

DÍA 10

Maya otra vez

Hoy vino Maya a la casa. Mis papás les llamaron a sus papás para que vinieran. Ya les daba pena que nos invitaran tanto y no poder ir. Parece ser que mi papá recibió un mensaje del papá de Maya invitándolo a tomar el café y mi papá prefirió mejor invitarlos, a las seis y media de la tarde, para así ya acabar con el compromiso, dijo. Yo me alegré por dentro. Fue como si de pronto se me desencadenara un aguacero en el estómago, hacia todas direcciones, con ranas croando y dando piruetas. En el entrenamiento de futbol fui seguro el mejor, o al menos el que más ganas le ponía, corriendo de un lado a otro, como Ronaldo o Messi. Mejor nada más como Ronaldo. A las seis y media llegó Maya. Su papá traía unas cervezas y su mamá una bolsa con pizzas. Las pusieron encima de la mesa. Mi mamá había preparado una pasta que le gusta mucho a mi papá y una ensalada. Me pidieron que trajera la silla de la oficina porque no ajustaban las sillas. Traje la del escritorio de mi papá. Siempre hacemos lo mismo, porque no ajustan las sillas. A mí mamá le da un poco de pena no tener suficientes sillas, pero a mi papá parece que no le importan mucho esas cosas. Se ofrece lo que hay, dice, y se acabó. Devoramos la comida. Como Maya venía de la alberca, había nadado bastante, no dejó ni una pizca en su plato. Yo me senté al lado de ella, y pude ver cómo comía, parecía que se iba a comer la cuchara y el tenedor también, de tanto que comía. La miraba de reojo, nada más. Cuando terminamos recogí los platos de todos y los puse en el fregadero. Invité a Maya a jugar pelota al jardín. En un momento que entré para ir al baño, escuché que la mamá de Maya estaba hablando de la mamá de Filipo. Me detuve detrás de la puerta y alcancé a escuchar que la mamá de Maya le decía a mis papás que un día la mamá de Filipo le dijo que Mario, el papá de Filipo que no es realmente el papá de Filipo, que no era el amor de su vida, ¿cómo?, le preguntó mi mamá, sí, que no es realmente el amor de su vida, le dijo la mamá de Maya a mis papás, y que nada más era un matrimonio arreglado porque a veces en la vida es así. ¿De verdad?, le preguntó mi mamá. Sí, dijo la mamá de Maya. Yo me quedé pensando en lo que sentiría el papá de Filipo que no es su papá si supiera que no es el amor de su vida de su mamá, y si aparte Filipo se entera que no es el hijo de Mario. Me metí al baño y a los pocos minutos salí, con la cabeza toda revuelta. Pasé por la cocina sin hacer mucho ruido y salí otra vez al jardín, donde Maya me esperaba con la pelota. Seguimos jugando hasta que nos cayó la noche encima y mis papás nos gritaron que mejor nos metiéramos porque estaba serenando. Maya me hizo una caricia en el pelo al entrar. Sentí como si un rayo me partiera en dos. Traías una basurita en el pelo, dijo. Hice como que no la escuché. Seguí pensando que en realidad me había querido acariciar.

DÍA 12

Hoy apliqué todo lo que aprendí en el video de Ronaldo y Messi. Y todo lo que practiqué en casa con mi balón, en la pendiente de la cochera. Los movimientos, los pases, estar siempre cerca de la portería del oponente, correr lo más posible para estar en la jugada, y metí tres goles. Fallé dos, pero porque algunas técnicas que practiqué no me salieron del todo bien. Tuve la mentalidad del campeón. Competir para ganar. No como antes que me daba miedo competir y que siempre pensaba que iba a perder. Esta vez no. Tal como lo vi en el video: tenía que poner todo mi esfuerzo, dejar mi espíritu ahí. Así es como se hace un campeón. Mi papá gritaba de contento y aplaudía, y aunque a mí me daba pena dejaba que lo hiciera porque mi papá siempre es así. Ya no me importa que los papás de mis compañeros lo miren con ojos de *qué le pasa a este mexicano loco*, porque yo sé que mi papá no es un loco sino un escritor, y de los buenos. Además, él fue quien me buscó los videos de Ronaldo y Messi y los vio conmigo. Cada rato les ponía pausa para decirme: ¿ves, Bruno? No sólo es importante tener buena condición física, resistencia, fuerza, técnica, sino lo más importante: una mente positiva, un pensamiento ganador. ¿Me entendiste? Sí. Y además: ¿qué más se necesita para conseguirlo?, me preguntaba. Y yo: ¿que entrene todos los días? Y él: exacto, que tengas constancia, que entrenes todos los días, que seas perseverante, que si un día tienes flojera, te digas a ti mismo: ¿cuántos hay que por flojera no lo hacen? Cientos, miles. Pues yo seré diferente. Yo me levantaré y lo haré. Y luego volvía a poner *play* y continuábamos viendo el documental. No pierdas ningún detalle. Sí, papá. Por eso esta vez logré meter tres goles, pude burlar a más de cuatro, estuve siempre en la jugada. Al terminar el partido sentí que me faltaba el aire, pero no me importó, porque ganamos y me nominaron el jugador del día. Eso es, me repito desde entonces, incluso cuando me invade el miedo a las enfermedades: una mente positiva, en todo, para ganar.

DÍA 14

Ya no quiero leer *Diario de un niño*. No me gusta nada. El autor me cae mal. Me hace llorar, me hace enojar. No puedo leer un libro tan malo como *Diario de un niño*, aunque mi mamá me diga lo contrario. ¿Te hace llorar, Bruno? Sí, le digo, pues eso es lo que debe hacer un buen libro: hacer llorar, hacer reír, hacer que te enojes. Pues yo ya no quiero leerlo. Mi papá me dijo desde su oficina: ¿y qué fue lo que te hizo llorar? Se levantó y vino a mi cama. Me hizo llorar la historia de Federico. ¿Cuál historia? Esa donde lo matan. Era un niño apenas. Un niño pobre, le dije, que vivía con su abuela. Es cierto que hacía apuestas y se gastaba el dinero, pero no era malo, no debieron matarlo. ¿Y quién lo mató? Un ladrón que se metió a robar a la casa de la abuela, en la noche, un día que llegó Federico sin dinero. No tenían luz en su casa, porque no tenían siquiera para pagar la electricidad, y Federico se había gastado todo el dinero en las apuestas, y esa noche se metió un ladrón a su casa a robar. ¿Y por qué mataron a Federico? Porque se metió a defender a la abuela. El ladrón le dijo a la abuela que le diera el dinero y entonces como la abuela no quería, Federico se lo dio, y entonces el ladrón le quiso enterrar un cuchillo a la abuela pero Federico se metió en medio y a él se lo encajó. ¿Te imaginas? Eran pobres y aun así lo mataron. Este escritor no sabe contar nada, le dije a mi papá. Y mi papá me repitió lo mismo que me dijo mi mamá: que los buenos libros se parecen a la vida real, nos hacen sentir como si viviéramos la vida real, y que por eso nos conmovían así, que yo debía seguir leyendo *Diario de un niño* entonces. Está bien, le dije, y no pude evitar sonreír un poco, pues tenían razón. Toda la razón del mundo.

DICIEMBRE

DÍA 3

H oy mis papás decidieron cambiarnos de escuela, otra vez. Apenas teníamos unos meses en San Francis y ahora de nuevo a otra escuela. No me gusta la idea nada. Absolutamente nada. Apenas me había hecho algunos buenos amigos y ahora esto, y todo porque a mi hermana un niño la está molestando mucho otra vez, y una vez hasta la aventó. Y otra intentó pegarle, o tal vez le pegó. Mi hermana ya no quiere ir a la escuela y mis papás prefieren mejor sacarla. En México es distinto. Los niños ponen apodos todo el tiempo, pero como que no hacen daño tanto como aquí, al menos Kiki nunca se quejó tanto aunque también allá a veces la molestaban algunos niños. Lo que sucede es que en México los maestros siempre están diciendo que a las niñas deben respetarse, que son menos fuertes que los niños, etcétera, y aquí no hacen esa diferencia entre que si son fuertes o no, por eso las niñas juegan al futbol con los hombres, como si nada. Yo creo que las niñas sí son menos fuertes que los niños, aunque aquí quieran hacernos creer que no. El caso es que mi papá habló hoy conmigo durante la cena. Como siempre, se puso muy serio y me explicó la situación, siempre haciéndome ver los puntos buenos y los malos. Yo no pude contenerme y lloré. Se me salieron chorretes de lágrimas. Pero apenas me hice unos buenos amigos, papá, le dije. Yo lo sé, dijo mi papá, y no creas que no es duro para mí tomar esta decisión, Bruno, me dijo. Pues yo no quiero, le dije. Y mi papá me explicó que me imaginara si nos tuviéramos que ir a México, que él se quedara sin trabajo y tuviéramos que regresar a México de cualquier modo, sin otra opción. ¿Te imaginas? No podemos llevar a tu hermana a una escuela y a ti a otra, nos perderíamos las reuniones de clase, eventos que tengan a la misma hora, además habría que recogerte más tarde, perder más tiempo. Te servirá para conocer más nuevos amigos, dijo mi papá. Luego me empezó a explicar que cuando llegara a la secundaria, ahí me encontraría con los amigos que hice en San Marys, San Francis y San Joseph, que es la escuela a la que nos van a meter. Cuando mi papá dijo el nombre de San Joseph se me iluminaron los ojos. Sentí una felicidad del tamaño del cielo. ¡Es la escuela a la que va Maya! Me tranquilicé de súbito y de inmediato pude ver el lado bueno de las cosas, además de que también podía ayudar a mi hermana en caso de que lo necesitara, y podría ir al centro de la ciudad, porque mis papás comprarían una casa cercana a las escuelas. Te prometo que de San Joseph no te moveré pase lo que pase, me dijo mi papá, y yo, que tenía la imagen de Maya en la cabeza, le dije que estaba bien, aunque sin mucha euforia, y de pronto me sentí alegre de nuevo, como si la ventana de mi cuarto se hubiera abierto y lo que me estuviera esperando en el horizonte no fuera sino un cielo lleno de estrellas. Que estarían ahí para siempre.

EPÍLOGO

No quisiera dejar de decir, antes de decirles a todos hasta pronto, que desde el primer día que llegué a San Joseph, y de eso hace ya más de tres meses, Maya me recibió con los brazos abiertos y una enorme sonrisa. Desde ese primer día se convirtió en mi guía y mi compañera del recreo, además de estar en mi misma mesa en el salón de clases. Todos los días, desde entonces, desayunamos juntos en la banca junto a la cancha de basquetbol, bajo la cálida sombra del árbol al que llamamos Dormilón. Compartimos nuestro lonche (ella me da un poco de sus empanadas, yo un poco de mis tacos de salchicha) y cuando terminamos no hacemos sino caminar alrededor de la escuela, por el camino de tierra que solemos utilizar para las competencias de velocidad en la clase de física. También participamos como voluntarios en la entrega de material deportivo para los niños de año 1 y 2, los miércoles y los viernes, y los lunes primero de cada mes nos encargamos de ayudar en área de juegos, vigilando que a los más pequeños no les vaya a suceder un accidente. Me siento feliz y útil para los demás, y aunque debo reconocer que no se me ha quitado del todo la angustia y las preocupaciones, ya no me dan tanto miedo las enfermedades ni me pone nervioso ir al doctor, incluso hemos dejado las sesiones con el psicólogo, pues mi mamá "me ha visto más tranquilo". Y es cierto: cuando me viene el pensamiento de que me saltará la bolita de nuevo en la muñeca o de que mis papás no son en realidad mis papás o de que tendré cáncer y me voy a morir, vuelvo a traer a mi mente una imagen fija que siempre llevo bajo mi manga: la de Maya y yo desayunando juntos en la banca junto a la cancha de basquetbol, bajo la cálida sombra del árbol al que llamamos Dormilón, una mañana soleada. Esa imagen me trae una felicidad enorme, que barre y tira al fondo del bote de la basura todos mis malos pensamientos. No cabe duda. Como me lo dijo mi mamá: "el amor lo cura todo...". Lo bueno es que siempre está, sin costo alguno, al alcance de nuestras manos.

* * *

CPSIA information can be obtained
at www.ICGtesting.com
Printed in the USA
BVHW080335081022
648974BV00008B/119

9 786078 589593